La Malnacida

La Malnacida

Beatrice Salvioni

Traducción del italiano de
Ana Ciurans Ferrándiz

Lumen

narrativa

Papel certificado por el Forest Stewardship Council®

MIXTO
Papel procedente de
fuentes responsables
FSC® C117695

Penguin
Random House
Grupo Editorial

Título original: *La Malnata*

Primera edición: marzo de 2023

© 2022, Giulio Einaudi editore
Publicado por un acuerdo especial con su agente Alferj e Prestia
y su coagente The Ella Sher Literary Agency
© 2023, Penguin Random House Grupo Editorial, S. A. U.
Travessera de Gràcia, 47-49. 08021 Barcelona
© 2023, Ana Ciurans Ferrándiz, por la traducción

Printed in Spain – Impreso en España

ISBN: 978-84-264-1812-8
Depósito legal: B-837-2023

Compuesto en M. I. Maquetación, S. L.
Impreso en Egedsa (Sabadell, Barcelona)

H 4 1 8 1 2 8

A la niña que fui.
Y, sobre todo, a quienes me enseñaron
a no dejar nunca de escuchar su voz

Prólogo
No se lo digas a nadie

Es difícil quitarse de encima el cuerpo de un muerto.

Lo descubrí a los doce años, con la nariz y la boca ensangrentadas y las bragas enredadas en un tobillo.

Los guijarros del margen del Lambro se me clavaban en la nuca y en el trasero desnudo, duros como uñas, la espalda hundida en el barro. El cuerpo de él, anguloso y todavía caliente, me pesaba. Tenía los ojos brillantes y vacíos, la barbilla manchada de saliva blanca y la boca abierta, que despedía mal olor. Antes de desplomarse me había mirado, con la cara contraída por el miedo, una mano metida en los calzoncillos y las pupilas dilatadas y negras que parecían disolverse hasta derramarse sobre sus mejillas.

Se había caído hacia delante, aún sentía en los muslos la presión de sus rodillas, con las que me había abierto las piernas. Ya no se movía.

—Solo quería que parara —dijo Maddalena. Se tocaba la cabeza en el punto donde la sangre y el barro se habían espesado formando un grumo de pelo enmarañado—. No he tenido más remedio que hacerlo.

Se acercó, el vestido de tela ligera se le había pegado a la piel mojada y dibujaba con nitidez el contorno de su cuerpo, enjuto y nervudo.

—Ya voy —dijo—. No te muevas.

Ni queriendo habría podido: mi cuerpo se había convertido en algo olvidado y lejano, como un diente caído. Solo sentía, entre los labios y en la lengua, el sabor de la sangre, y me costaba respirar.

Maddalena se dejó caer a cuatro patas; los guijarros crujieron bajo sus piernas desnudas. Tenía los calcetines empapados y le faltaba un zapato. Se puso a empujar con los dos brazos contra el torso de él, usó los codos, luego la frente, sin dejar de hacer fuerza, pero no logró moverlo.

Muertas las cosas pesan más, como aquel gato en el patio de Noè, lleno de tierra, con las tripas viscosas y un enjambre de moscas comiéndole la nariz y los ojos. Lo habíamos enterrado juntos detrás del corral de las ocas.

—No puedo sola —dijo Maddalena. El pelo pegado a la cara goteaba sobre las piedras—. Tienes que ayudarme.

Su voz batió dentro de mi cabeza, cada vez más fuerte. Como pude, saqué un brazo de debajo del cuerpo, luego el otro. Apoyé las palmas sobre su pecho y empujé. El arco del puente y un retazo de cielo turbio sobre nosotras; debajo, los guijarros mojados y resbaladizos, y alrededor el rumor del río.

—Tienes que dar un solo empujón.

Hice lo que me dijo. Cuando cogía aire percibía el olor marchito y dulzón del agua de colonia de aquel hombre.

Maddalena me miró.

—Ahora —dijo.

Empujamos a la vez, yo solté un grito, me arqueé y él se desprendió de golpe. Cayó de espaldas, a mi lado, con los ojos y la boca muy abiertos, los pantalones bajados. La hebilla del cinturón tintineó contra las piedras.

En cuanto me liberé de su peso me giré sobre un costado, escupí saliva roja en los guijarros y me restregué los labios y la nariz para desprenderme de su olor. Por un instante me faltó el aire, luego encogí las piernas y traté de respirar. Las bragas tenían la goma rota y estaban desgarradas. Pateé con rabia para quitármelas y me tapé con la falda, que se me había subido por encima del ombligo. Tenía el vientre frío y me dolía todo.

Maddalena se puso de pie, se restregó las manos en los muslos para limpiarse el barro.

—¿Te encuentras bien? —preguntó.

Me lamí el labio y asentí. Mi garganta era un dique a punto de romperse. Pero no lloraba. Ella me lo había enseñado. Llorar era de tontos.

Maddalena se apartó el pelo que se le había pegado a la frente. Tenía los ojos pequeños y duros. Señaló el cuerpo y dijo:

—No conseguiremos moverlo. —Se lamió la sangre coagulada debajo de la nariz—. Hay que esconderlo aquí.

Me levanté para acercarme a ella. No me aguantaba de pie, el cuero de las suelas de los zapatos resbalaba sobre el barro. Me agarré a ella, le apreté la muñeca. El olor del río lo invadía todo. Maddalena temblaba, pero no de miedo. Ella no le tenía miedo a nada; ni al perro del señor Tresoldi, un perro que echaba espuma por la boca y tenía las encías hinchadas, ni a la pierna del diablo que baja por el camino en la historia que contaban los mayores. Tampoco a la sangre o a la guerra.

Temblaba porque se había quedado empapada cuando él la agarró por el pelo y la arrastró dentro del río mientras ella pateaba y gritaba. Le había metido la cabeza debajo del agua para que se callara, y durante todo ese rato él había estado cantando, con una voz ruda como la de la radio, «Parlami d'amore, Mariú. Tutta la mia vita sei tu».

—Hay que buscar ramas, ramas gruesas —dijo Maddalena sin apartar la vista de aquella figura inmóvil, hecha de salientes y cavidades, que poco antes me había inmovilizado las muñecas para meterme la lengua en la boca; tenía la sensación de sentirla todavía, y sus manos y su respiración sobre mí. Yo solo quería dormir. Allí mismo, entre las piedras y el rumor del agua, pero Maddalena me tocó un hombro y dijo:

—Más vale que nos demos prisa.

Hicimos rodar el cuerpo orilla abajo, lo arrastramos hasta uno de los pilares del puente y lo dejamos hecho un ovillo contra la pared, que rezumaba humedad. Tenía los codos girados, los dedos rígidos y la boca abierta. Nada en su cara recordaba al chico descarado y elegante que fue, con pantalón largo de raya bien planchada y el pasador con el haz de lictores y la bandera italiana, que se alisaba el pelo con un peine de carey y repetía entre risas: «Vosotras no sois nadie».

Recogimos las ramas que el río depositaba en el arenal cuando se desbordaba, entre nidos de pato y drenajes, y las dispusimos sobre aquel cuerpo medio hundido en el agua. Amontonamos piedras y raíces para que ni siquiera la riada pudiera llevárselo.

—Hay que cerrarle los ojos —dijo Maddalena dejando caer la última piedra, del tamaño de un puño—. Es lo que se hace con los muertos. Lo he visto hacer.

—Yo no quiero tocarlo.

—Bueno. Lo haré yo. —Apoyó la palma de la mano sobre la cara exangüe y con el pulgar y el corazón le bajó los párpados.

Con los ojos cerrados, la boca abierta y cubierto de ramas y piedras parecía alguien a quien un mal sueño pilla por sorpresa de noche, pero no logra despertarse.

Escurrimos las faldas y los calcetines. Maddalena se quitó el zapato que le quedaba y se lo metió en el bolsillo. Yo hice lo mismo con las bragas: un trapo embarrado que recogí del suelo.

—Ahora tengo que irme —dijo.

—¿Cuándo nos veremos?

—Pronto.

Mientras caminaba de vuelta a casa, con los calcetines chapoteando en los zapatos, pensaba en el tiempo en que nada había empezado aún. Ni siquiera había pasado un año desde que me asomé con la falda seca y sin arrugas por la balaustrada del puente de los Leones para mirar de lejos a Maddalena, cuando lo único que sabía de ella era que traía mala suerte. Aún no sabía que bastaba una palabra suya para salvarte o morir, volver a casa con los calcetines empapados o dormir para siempre con la cara hundida en el río.

PRIMERA PARTE

Donde empieza y acaba el mundo

1

La llamaban la Malnacida y no le gustaba a nadie.

Pronunciar su nombre traía mala suerte. Era una bruja, de esas que le pegaban a una el aliento de la muerte. Tenía el demonio dentro y yo no debía hablar con ella.

La miraba de lejos, los domingos, cuando mi madre me ponía los zapatos que hacían que me salieran ampollas, los leotardos y el mejor vestido que no tenía que manchar. El sudor me resbalaba por la nuca y la lana me provocaba rozaduras en los muslos.

La Malnacida estaba abajo, en el Lambro, con dos chicos a los que yo solo conocía de oídas: Filippo Colombo, que tenía los brazos y las piernas como huesitos de pollo, y Matteo Fossati, de pecho y hombros robustos como los cuartos de buey relucientes de grasa del mercado de via San Francesco. Los dos llevaban pantalón corto y tenían las rodillas desolladas, y por ella, que además de ser más pequeña era una chica, estaban dispuestos a morir de un balazo en el estómago, como soldados en la guerra, y afirmar luego ante nuestro Señor: «He muerto feliz».

Descalza y bien plantada sobre las piedras calentadas por el sol, se sujetaba el dobladillo enrollado de la falda, descolorida por el sol y la roña, con un cinturón de hombre que le ceñía el talle, dejando al aire lo que una chica nunca debería mostrar: las piernas.

Las suyas, de las pantorrillas a los muslos, estaban llenas de churretes de barro y de costras que parecían llagas de perro sin curar.

Reía sujetando un pez que le coleteaba entre los dedos. Los chicos aplaudían y chapoteaban en el río salpicando agua oscura alrededor. Yo los observaba desde arriba, de camino a misa de once, que según mi madre era la de los señorones.

Mi padre iba delante y no nos prestaba atención. Caminaba con el sombrero que le dejaba la nuca un poco al descubierto, el paso rápido, las manos a la espalda sujetándose con una la muñeca de la otra.

Mi madre tiraba de mí y me decía:

—Vamos a llegar tarde. —Señalaba por encima de la balaustrada del puente y añadía—: Gamberros.

Mi padre, en cambio, no abría la boca. Detestaba las reprimendas, pero yo sabía muy bien, y mi madre para qué decirlo, que si no permanecíamos a poca distancia de él y que si por nuestra culpa llegábamos a misa con retraso, nos aguardaba un domingo de silencios, de portazos y de dientes rechinando en la boquilla de la pipa, oculta tras *La Domenica del Corriere*.

Tenía que esforzarme para alejar la vista del río, de los niños que no eran como yo y a los que siempre había observado.

Pero aquel domingo, por primera vez, los ojos de la Malnacida, negros y brillantes, se fijaron en mí, y me sonrió.

Se me cortó la respiración, apreté los párpados y subí a la carrera la cuesta de la catedral en dirección a mi padre. Lo alcancé y me puse a su lado, pero él ni siquiera se dio cuenta. Los pocos coches que pasaban nos obligaban a arrimarnos a los escaparates de la mercería y la pastelería, de la que emanaba un cálido aroma a vainilla. El rótulo rezaba: BANDEJA DE PASTELES A CINCO LIRAS.

En aquel momento pasó el Balilla negro de Roberto Colombo, que trabajaba en el ayuntamiento y, como decía mi padre con el tono que adquiría cuando hablaba de cosas serias, «conocía a gente muy importante». El señor Colombo tenía dos hijos varones, a los que la señora Colombo hacía peinar con la raya en medio, y llevaba botas de caña alta negras. Se rumoreaba que, cuando las beatas le contaron que su hijo pequeño se pasaba el día con los pies metidos en el agua del río en compañía de la Malnacida, lo obligó a tragarse una botella de aceite de ricino y le molió el trasero a palos.

Durante algunos domingos había espiado desde el puente a Matteo y a la Malnacida solos: Filippo estaba en la iglesia, en el mismo banco que su padre, al alcance de su mano, con la camisa abotonada hasta el cuello y los mocasines limpios. Me alegré en secreto. Pero un día Filippo volvió al río a mancharse de barro y sus padres, junto con el hermano mayor de Filippo, empezaron a sentarse a más distancia en el banco para que su ausencia pasara inadvertida.

El señor Colombo conducía su coche, siempre reluciente, cuyo parachoques parecía el morro de un tiburón con los colmillos muy afilados. Lo aparcaba en la plaza de la catedral, delante de la iglesia, como si las suelas de los zapatos fueran a gastársele por andar cuatro pasos.

Mi padre frunció los labios como cuando se le metían hebras de tabaco entre los dientes.

—Nuestra perdición. Esos horribles artefactos serán nuestra perdición. —No había nada que odiara más que los coches—. La gente quiere ir deprisa —decía—, por eso nadie lleva ya sombrero.

Pero cuando se cruzaba con el señor Colombo lo saludaba con amabilidad llevándose una mano a su fedora de fieltro gris.

Al entrar en la iglesia, despareció el calor sofocante que ese año había llegado dos semanas antes del verano. En el aire solo flotaba el hedor a incienso, que invadía el cerebro y descendía hasta las plantas de los pies; era una sensación parecida al miedo a la oscuridad. Mi madre me llevaba de la mano y yo caminaba sobre las losas de mármol blanco porque el Jesús de bronce y oro del altar me miraba fijamente y si por error pisaba las negras me iría al infierno.

En la nave central retumbaban los susurros de las oraciones y los chasquidos húmedos de la saliva de las viejas, que rezaban encorvadas, con la cabeza cubierta por un velo que ocultaba las orejas. Como siempre nos sentábamos en las primeras filas, había que estar callado todo el rato, excepto para responder a los salmos, decir «Amén» y «Mea culpa, mea maxima culpa». El sacerdote hablaba de los pecados que nos arrastran al infierno y yo pensaba en los peces plateados, en los chicos descalzos del Lambro y en la mirada de la Malnacida.

Mi madre rezaba el padrenuestro con la cara entre las manos, las yemas de los dedos sobre los párpados. Yo observaba un clavo que sobresalía de la madera del reclinatorio. Cuando el cura alzó el Cuerpo de Cristo, me dejé caer de rodillas, como las viejas.

Busqué el clavo con una pierna y apoyé sobre él todo mi peso. Entrelacé los dedos y los aplasté contra la boca empujando los nudillos entre los dientes; froté la rodilla con fuerza mientras rezaba el gloria.

La restregué con ímpetu hasta que el dolor me hurgó en la nuca como una cosa candente y pulida.

Yo también quería tener las rodillas desolladas como los chicos del Lambro. Yo también quería sentir las aguas del río entre los dedos de los pies y mostrar las piernas manchadas de barro. Quería que chapotearan en el agua por mí.

2

La Malnacida caminaba por las calles del centro arrastrando las sandalias gastadas por los guijarros, con la barbilla altiva, flanqueada por dos chicos mayores que ella. Mientras pasaba, las mujeres gruñían un «diosnoslibre» y se santiguaban con fervor; los hombres, en cambio, escupían. Ella se reía con fuerza, sacaba la lengua y hacía una reverencia, como si les agradeciera los insultos.

Con el pelo azabache a trasquilones, como si se lo hubieran cortado con una escudilla y un cuchillo sin afilar, y los ojos brillantes y oscuros de un gato, como de gato eran las ágiles y delgadas piernas, me parecía la criatura más hermosa que había visto nunca.

La primera vez que me habló fue cuatro días después del domingo en que nuestras miradas se habían hundido la una en la otra en lo alto del puente.

Era el 6 de junio de 1935, la fiesta de San Gerardo. La plaza de la iglesia, el patio porticado y los balcones estaban bien adornados con colgaduras y guirnaldas, tan abarrotados de gente como el día de Pascua de Resurrección. Las personas acudían en procesión a visitar la teca con el cuerpo del santo —un esqueleto vestido de oro—, ante la cual se santiguaban, y que tocaban después de haberse besado los dedos; luego salían a la luz de la plaza a respirar.

Las campanas gimoteaban y las nubes rebosaban calor. Bajo los pórticos y en el claustro, a la sombra de las moreras, los vendedores ambulantes ofrecían caramelos y juguetes de hojalata junto a los puestos de tiro al blanco. El señor Tresoldi, el verdulero, esperaba a los clientes con los brazos cruzados en su tenderete de cerezas. Tenía cara de malo y olía a toallas húmedas. Gritaba: «¡Cerezas, cerezas a tres liras la bolsa!» y apoyaba las recias manos en el mostrador. Su hijo Noè, que llevaba en la cara las marcas de los ataques de ira de su padre, apilaba cajas de madera contra las columnas. Noè iba con la camisa remangada como un hombre hecho y derecho, y aunque solo tenía tres años más que yo, su padre no le permitía asistir a la escuela. Se rumoreaba que el verdulero siempre había odiado a su hijo. Solo había que fijarse en el nombre que le había puesto. Noè llegó con la crecida del Lambro, en noviembre, cuando el río se desbordó, los puentes se hundieron y los sótanos se inundaron. Al nacer desangró a su madre y se pudo salvar, igual que Noé, que en su arca solo metió animales sin pensar en los seres humanos que el Señor había abandonado bajo el diluvio.

El día de San Gerardo apretaba el calor insolente del mediodía, ese calor que en los días de fiesta separaba a las mujeres en dos grupos que se cuidaban mucho de mezclarse: las que podían permitirse guantes blancos y vestido de lunares, de seda ligera, con la falda justo por debajo de la rodilla, y las que solo tenían una prenda otoñal para las bodas y las comuniones, sea cual fuere la estación en que se celebraran. También estaban las criadas de uniforme, con una cesta colgada del brazo y la lista de la compra en la mano, pero estas caminaban con paso rápido por el otro lado de la calle y miraban furtivamente los puestos.

Mi madre, que me llevaba de la mano, lucía un sombrerito de paja rígido, laqueado de rosa, con un lazo que le rebotaba en la mejilla. Había comprado en la mercería racimos de cerezas de papel maché, que había prendido en la paja con alambre. Trataba de suscitar la envidia de las demás mujeres, sobre todo de las que deambulaban con la cabeza descubierta y se contentaban con mirar porque la bolsa de cerezas era demasiado cara para ellas.

Pero no le bastaba con que las mujeres de los obreros giraran la cabeza, sino que también les sonreía a sus maridos. Mi padre, con la chaqueta echada sobre los hombros, estaba en el tiro al blanco. A su lado, el señor Colombo, al que todo el mundo saludaba alzando el brazo con los dedos extendidos, apuntaba a las figuras de metal con un fusil de hojalata. Mi padre se había quitado el sombrero y lo estrujaba entre las manos; el señor Colombo se hallaba tan concentrado en disparar que parecía estar librando una guerra de verdad en vez de disparando balas de corcho con un fusil de mentira; llevaba una camisa negra llena de medallas a la altura del corazón, y de vez en cuando acariciaba con el pulgar la insignia con los colores de la bandera y las iniciales del Partido Nacional Fascista, como si quisiera asegurarse de que estaba bien colocada.

A poca distancia, frente al puesto de dulces, que esparcía aroma a miel y a buñuelos, el señor Fossati, con los pulgares metidos en el cinturón y una vieja camiseta que amarilleaba en los sobacos, reía y señalaba el tiro al blanco rodeado de hombres con las mejillas ya encendidas por el vino. Solía decir que Colombo había rebuscado en los joyeros de los muertos para hacerse con todas aquellas medallas que fingía haber ganado en vete tú a saber qué batallas, pero que como mucho eran premios de feria o antiguallas de sus abuelos. Cosas de tres al cuarto. También decía que no era más que un niño impaciente por jugar a la guerra y que no había visto en su vida un fusil de verdad. En cambio, el señor Colombo afirmaba que a Fossati la paz solo le servía para bebérsela con el lambrusco en la taberna de San Gerardo y vomitarla luego detrás de los molinos. Todo el mundo estaba al corriente, incluso nosotros, los niños, porque los asuntos de los demás eran el tema preferido de las comidas del domingo, cuando se invitaba a los amigos y cuando levantarse de la mesa era «de mala educación».

—¿Me compras unas cerezas? —Tiré de la mano de mi madre y señalé el puesto del señor Tresoldi.

—Sabes muy bien qué ha dicho tu padre.

Tu padre. Si alguien hacía algo que la incomodaba o disgustaba, siempre era cosa de los demás. «Tu padre dice que este año no iremos de veraneo» o «Tu padre ha decidido que solo tendremos una criada». También valía para mí, que me convertía en *tu hija* cuando había que castigarme, como un regalo no deseado que se abandona en el fondo del armario y se olvida.

—¿Al menos puedo ir a mirar?

—¿Las cerezas? Sí, ve. —Mi madre me soltó la mano—. Pórtate bien. No toques nada.

Se atusó el pelo, bien arreglado y lleno de horquillas bajo el sombrerito, y se dirigió al tiro al blanco. Se unió a mi padre y al señor Colombo, que levantó el fusil de mentira y dijo:

—¿Quiere que gane algo para usted, señora Strada?

Encogí los dedos de los pies dentro de los zapatos estrechos y apreté los puños. Mi madre rio cubriéndose la boca con la mano. El señor Colombo le rozó el costado, como quien no quiere la cosa, y le acarició el codo; luego se volvió a mirarme. Fruncía el ceño como Mussolini en el retrato que colgaba de la pared de la clase. Y sonreía. Cuando sentí sus ojos sobre mí, todo mi cuerpo se tensó. Me alejé corriendo tragándome la vergüenza.

Me detuve a pocos metros del puesto del señor Tresoldi; me atraían aquellas bolsitas llenas de cerezas oscuras y brillantes, pero no me acerqué porque le tenía miedo. Me quedé a la sombra del tejado de la iglesia, con las manos a la espalda y la advertencia de mi madre retumbando en mi cabeza: «No toques nada».

—¿Qué haces? ¿Estás mirando las cerezas? —A mi espalda oí una especie de graznido de cuervo, que me sacó del ensimismamiento.

La Malnacida estaba detrás de mí, apoyada contra la pared con el fresco desconchado de San Gerardo, los bolsillos del vestido desgarrados, rebosantes de guijarros, observándome.

Se me cortó la respiración y la tierra perdió de repente firmeza. Nunca habíamos estado tan cerca.

Olía a río. Una cicatriz blanca le bajaba por el surco entre la nariz y los labios y una mancha rojiza y brillante le cruzaba una mejilla de la sien al mentón.

—¿Qué? —Me sentí incómoda cuando caí en la cuenta de que había balbucido, como cuando de pequeña tenía que repetir el abecedario de memoria y las monjas me corregían a palmetazos.

—Las cerezas —dijo—. ¿Quieres?

—No, no tengo dinero.

—No es verdad —replicó escrutándome con aire de suficiencia, a pesar de que yo le sacaba un palmo—. Vas vestida como una rica. Hasta los zapatos relucen. —Me señaló los pies, riendo. Tenía una risa chabacana y no se preocupaba de ocultarlo.

—¿Y qué? —repliqué tratando de mantener la barbilla alta.

—Pues que tienes dinero para comprarlas.

—Yo no —repuse—. Quien lo tiene es mi padre. Pero no quiere que las compre.

—¿Por qué?

Me miré los zapatos.

—No quiere y punto.

—¿Por qué?

—¿Y a ti qué te importa?

—Pues cógelas —dijo con brusquedad.

—¿Cómo? Te he dicho que no tengo dinero.

—Cógelas y punto.

En casa teníamos un crucifijo. Uno de esos grandes y oscuros que había perdido el olor a madera y solo olía a cera. Estaba en la habitación de mis padres, encima de la cama, al lado de las benditeras de plata y las fotos de su boda.

La mirada del Jesús de madera llegaba a mi habitación, y cuando mis padres dejaban la puerta abierta yo no podía dormir.

«Jesús te mira siempre», decía mi madre tras haber enumerado una vez más las cosas que hace una señorita y las que no. Cuando me asaltaban los que ella llamaba «malos pensamientos» —como coger chocolatinas del cuenco sin decirlo y esconder los envoltorios dorados en el jarrón de la mesilla de noche, remolonear a la hora de acostarme o tocarme entre las piernas, cuando una tiembla, antes de dormir—, me imaginaba los ojos tristes del Jesús de madera y desistía paralizada por el miedo y el remordimiento, que reptaba hasta la planta de los pies. Me sentía sucia y mala porque el Jesús de madera podía leer mis pensamientos y conocía mis pecados, incluso los más secretos.

El día en que la Malnacida me dirigió la palabra por primera vez y me dijo que cogiera las cerezas, respondí: «No se puede».

El mundo estaba hecho de reglas que no había que saltarse. Estaba hecho de cosas adultas, enormes y peligrosas, de errores irreparables que podían matarla a una o enviarla a la cárcel. Era un lugar terrible, lleno de cosas prohibidas, por donde había que caminar despacio y de puntillas, poniendo atención en no tocar nada. Sobre todo las chicas.

Aquella chiquilla toda huesos tensó la mandíbula y dijo:

—Mírame. Mira lo que hago.

Y yo, a pesar de que sentía un apremio que me hacía un nudo en el estómago, hice lo que me dijo. Mirarla como siempre. Pero en aquel momento fue diferente porque ella me lo había pedido.

La Malnacida me dio la espalda y avanzó hasta salir de la sombra de la iglesia. La melena, negrísima, le brilló al sol. Levantó la mano, como cuando una sabe la respuesta en clase, y, en cuanto la bajó, de detrás de una columna aparecieron Filippo Colombo, con su pelo liso y rubio, y Matteo Fossati, moreno y fornido, con una camiseta de bordes amarillentos, igual que la de su padre: los chicos que chapoteaban en el agua por ella. Se acercaron al puesto del señor Tresoldi y merodearon alrededor hablando animadamente y haciéndose notar. El verdulero estaba riñendo a su hijo Noè:

—Animal —decía a voz en cuello—, ¡es que te duermes hasta de pie!

Él lo soportaba en silencio y apilaba cajas vacías.

Cuando Filippo y Matteo se detuvieron al lado del puesto de cerezas, el señor Tresoldi dejó de imprecar y los miró con una luz amenazadora en los ojos: dos huesos con un resto de pulpa pegada.

Matteo extendió una mano hacia una de las bolsas, cogió una cereza por el rabillo y se la acercó a los labios con un gesto lento. Filippo titubeaba, Matteo le dio un codazo en la espalda y él se dobló como un huesecito partido, luego cogió una cereza y se la llevó a la boca deprisa, temeroso.

—¡Granujas! —gritó el señor Tresoldi. Metió una mano debajo del mostrador, sacó un bastón largo, de esos que se usan para cerrar las cortinas, y lo arrojó contra una columna. El ruido sobresaltó a Noè, que dio un respingo e hizo caer la pila de cajas que estaba amontonando.

Los chiquillos echaron a correr entre las faldas de las mujeres y las guirnaldas, riendo. El señor Tresoldi salió de detrás del puesto y, ciego de ira, se puso a perseguirlos. Cojeaba apoyándose en el bastón y lo blandía cuando se paraba junto a una columna para sostenerse. El invierno anterior le habían cortado los dedos de un pie porque se había quedado dormido en medio de la nieve con una botella en la mano.

Nada me daba más miedo que los dedos podridos y negros que le habían amputado al señor Tresoldi. Se rumoreaba que se los había echado a las ocas y que desde entonces a estas les encantaban.

El señor Tresoldi cedía entre la multitud y Noè recogía las cajas caídas. La Malnacida se deslizó hasta el tenderete, cogió una bolsa de cerezas y se alejó sin correr, dejando atrás los pórticos, con la inocencia de una santa.

Mientras la observaba desaparecer entre la gente, descubrí casi con rencor que no me había muerto.

Ninguna teja se había desprendido del tejado para romperme la cabeza, mis pulmones seguían llenándose de aire y mi corazón continuaba latiendo. Había hablado con la Malnacida, la había mirado a los ojos y el demonio no me había sacado el alma a la fuerza.

Cuando el verdulero volvió, con la frente empapada en sudor, notó el hueco dejado por la bolsa robada por la Malnacida y maldijo. Miró alrededor y buscó incluso en el aire, como si se la hubieran llevado los ángeles. Golpeó el suelo con el pie sano, agarró a Noè por el cuello de la camisa y maldijo de nuevo, como si quisiera cubrir con sus gritos el retumbo de las bofetadas que le propinaba.

—¿Se puede saber dónde estabas? —aulló. Noè se protegía la cara con los brazos, que su padre no cesaba de golpear—. Había una más y has dejado que se escapara, ¡desgraciado!

Me armé de valor y me acerqué al puesto de cerezas.

—Lo he visto todo —dije. Tuve que repetirlo para que el señor Tresoldi se girara hacia mí, con la cara como una *focaccia* abandonada al sol.

—Tú eres la hija de los Strada. —Soltó la camisa de Noè, que perdió el equilibrio y cayó—. Dime, ¿por dónde se ha ido?

Señalé la parte de atrás de la iglesia, hacia el claustro.

—Por allí —dije.

No añadí nada porque cuando mentía me costaba hablar y tartamudeaba.

El señor Tresoldi salió cojeando en dirección al claustro y lo miré hasta que desapareció en la sombra del ábside y sus pasos dejaron de oírse.

Yo resollaba a la espera del castigo por la mentira: que la plaza se abriera y me tragara, o que algo invisible, como una mano enorme agujereada por un clavo ensangrentado, bajara del cielo para hacerme papilla.

No pasó nada. Quizá el Jesús de madera estuviera distraído o no me prestara atención cuando mentí. O quizá no fuera pecado. Y si la tierra no se había abierto bajo los pies de la Malnacida, tal vez tampoco lo fuera robarle cerezas al señor Tresoldi; si yo seguía con vida a pesar de haber hablado con la Malnacida y no haber dicho la verdad, eran los adultos quienes me habían contado un montón de patrañas.

Noè, que se había levantado, estaba restregándose las mejillas con la manga de la camisa y me miraba con un extraño fulgor en los ojos.

Retrocedí con lentitud, como si jugara al escondite y tuviera que moverme sin ser vista; luego, de repente, eché a correr más allá de los pórticos y la fiesta, donde la multitud iba dispersándose poco a poco a lo largo de la calle que desembocaba en la orilla del Lambro.

Los vi a lo lejos: tres figuras que se recortaban contra el azul del cielo sentadas en la balaustrada del puente de San Gerardino, frente a la plaza de la iglesia pintada de blanco, que conducía a la calle de las tabernas.

Me acerqué. La Malnacida tenía las piernas colgando en el vacío, sobre el agua oscura, y señalaba la estatua de san Gerardo, que flotaba en medio del río sobre una balsa pequeña. El santo, de madera, con una bolsa de cerezas apoyada a su lado, iba vestido como un fraile y estaba arrodillado sobre un manto de agujas de pino. Mi padre me había contado la leyenda de su milagro: había usado su manto a modo de balsa para llevar alimentos a los enfermos durante la crecida el año en que el puente se había derrumbado. Por eso ponían la estatua en el río el día de su fiesta. Las cerezas, en cambio, aludían a otro milagro: la ocasión en que las había hecho aparecer en invierno, cuando nieva y los frutos no crecen.

La bolsa con las cerezas robadas estaba sobre la balaustrada de piedra; ya se habían comido más de la mitad.

A la derecha y a la izquierda de la Malnacida, como en los retablos de los altares, estaban sentados los dos chicos.

Ella masticaba como los hombres, haciendo ruido y abriendo la boca. Luego echaba atrás los hombros y la espalda y escupía el hueso lejos, en medio del agua oscura; apuntaba con el dedo hacia la estatua del santo o la pequeña cascada, al fondo, con la rueda del molino cubierta con una costra de ramas y barro, y se reía. Ellos la coreaban y competían para ver quién escupía más lejos balanceando las piernas sobre la balaustrada.

—Yo también quiero una —dije. Todos se giraron a la vez—. Al menos tenéis que darme una.

Matteo y Filippo me escrutaron como si fuera un piojo y luego la miraron.

—¿Y eso por qué? —preguntó la Malnacida.

—Porque te he ayudado.

—No es verdad.

—Sí que lo es.

—Las cerezas las hemos cogido nosotros, tú solo has mirado —replicó.

—Eso no es verdad —repetí—. Cuando el señor Tresoldi ha vuelto atrás le he dicho una mentira, de lo contrario os habría encontrado.

—Entonces las señoritingas bien vestidas también saben mentir.

Me estrujé la tela de la falda.

—¿Qué le has dicho?

—Que se había ido por otro lado. Por el claustro.

—¿Quién?

—El ladrón.

—¿Me consideras una ladrona? —dijo. Me hurgaba dentro con la mirada.

—Te has llevado las cerezas —le dije. Pero aquella pregunta, en apariencia fácil, se parecía a esos problemas que no se resuelven de una sola vez y cuya solución nunca llega—. No las has pagado —proseguí con cautela mirándole los labios manchados de jugo—. Y eso es robar.

Ella le dio vueltas al hueso en la boca y lo escupió en la mano.

—¿Sabes lo que había antes en la tienda del señor Tresoldi? —preguntó.

Negué con la cabeza. Matteo y Filippo seguían comiendo cerezas y escupiendo los huesos en el río.

La verdulería estaba en la esquina de via Vittorio Emanuele, enfrente del estanco. Las señoras del barrio iban a comprar cuando acababan de rezar el rosario. El señor Tresoldi vivía en la trastienda, donde había un patio en el que tenía encadenado a un perro medio pelado con las encías inflamadas, y jaulas con ocas y gallinas.

La Malnacida jugueteó con el rabillo de una cereza.

—Había una carnicería. Con ganchos para colgar carne, una cortafiambres y todo eso. Pero echaron al dueño para que el verdulero pudiera abrir su tienda.

Matteo se ensombreció y se giró a mirar el agua negra.

—¿Por qué? —pregunté.

—Porque si te descuidas los fascistas te dejan con una mano delante y otra detrás —respondió Matteo.

Al oír aquello, Filippo dio un respingo, se llevó el puño a la boca y se puso a morderse los nudillos, como si por su culpa le hubieran robado la tienda al carnicero.

La Malnacida asintió solemne, cogió un puñado de cerezas y las masticó deprisa. Escupió todos los huesos a la vez: hicieron el mismo ruido que el granizo contra las piedras.

—¿Sabes hacerlo?

—No lo sé.

—Prueba —me desafió haciéndome un hueco a su lado en la balaustrada.

Puse las palmas encima y traté de subir dándome impulso, pero estaba demasiado alto y me caía una y otra vez.

Filippo, que balanceaba el rabillo de una cereza en el espacio que tenía entre las paletas, se echó a reír.

—No puede —dijo.

Pero ella lo acalló con una mirada y me ayudó a subir tirándome de los sobacos.

Se colocó la bolsa de cerezas entre los muslos.

—Coge una y escupe el hueso todo lo que puedas.

Obedecí. La cereza era blanda y sabía a tierra.

—Si te lo tragas, podrías morir.

—Lo sé —dije masticando con cuidado para buscar el hueso con los dientes—. Yo no me lo trago.

—Y ahora mírame y aprende.

La observé con atención. Arqueó la espalda y succionó, preparándose para escupir lejos. Traté de imitarla, pero mientras su hueso y los de Matteo y Filippo iban a parar al agua, cerca de la estatua de san Gerardo, e incluso golpeaban la madera, los míos caían a los lados de las columnas del puente.

—No puedo.

—Tienes que practicar. Es fácil —me animó—. Prueba otra vez.

Mastiqué a conciencia, di vueltas al hueso en la boca hasta que con la lengua le quité la capa gelatinosa que lo envolvía y lo sentí liso en el paladar.

—¡Eh, vosotros! —gritaron desde el final del puente. El señor Tresoldi tenía las mejillas congestionadas de ira; las mangas remangadas dejaban al descubierto unos brazos gruesos y llenos de pelos oscuros—. ¿Sois los que me habéis birlado las cerezas, sinvergüenzas?

A pesar del sobresalto, la Malnacida dio con rapidez un manotazo a la bolsa de cerezas, que fue a parar al Lambro, y se limpió los labios con el dorso de la mano.

El señor Tresoldi estaba tan cerca que yo percibía el hedor de su aliento; entonces caí en la cuenta de que era la única que aún tenía el hueso entre la lengua y los dientes.

—Habéis sido vosotros, ¿no? Lo sé, granujas. Siempre los mismos. Fingir no os servirá de nada. —El verdulero, imponente como un ogro de cuento, estaba frente a nosotros—. Abrid la boca ahora mismo —dijo.

La Malnacida obedeció y sacó la lengua. Filippo y Matteo hicieron lo mismo.

Yo sentía el hueso duro contra el paladar y ni siquiera me atrevía a respirar.

A medida que el señor Tresoldi inspeccionaba las bocas limpias de la Malnacida y de Matteo, que debían de haberse pasado la lengua por los dientes para quitarse el color del jugo, iba poniéndose cada vez más rojo y bravucón. Al hijo del señor Colombo, en cambio, ni siquiera lo tomaba en consideración, como si temiera que sospechar de él equivaliese a faltarle al respeto a un apellido ilustre. Luego se volvió hacia mí.

—¿Y tú? Si no me dices quién ha sido, se lo contaré a tu madre. Y si no abres la boca ahora mismo, te las verás conmigo.

La Malnacida y los chicos me observaban. Ellos con una expresión entre divertida y asombrada, pero se notaba que el miedo les cortaba la respiración; ella con los ojos como guijarros de río y la cara seria.

Yo no quería que creyera que tenía miedo y que nunca podría ir con ellos a pescar en el Lambro.

Apreté la lengua contra los dientes de abajo para recoger saliva y me tragué el hueso.

Quizá me moriría, hinchada y morada sin poder respirar. Y quizá me lo merecía. Pero solo sentí un suave arañazo en la garganta y un débil dolor en el pecho. Tenía la boca seca y vacía, y el verdulero me gritaba:

—Vamos, ¿a qué esperas?

Entonces la abrí y saqué la lengua, igual que había hecho la Malnacida.

Nos escrutó uno a uno, muy despacio, y se giró hacia la plaza como si buscara algún testigo que pudiera acusarnos. Estaba convencida de que, si no hubiera sido un día de fiesta, con tanta gente en la calle, nos habría despellejado como si fuéramos alcachofas.

Aún rabioso, volvió a mirarme.

—No te fíes —dijo señalando a la Malnacida y poniendo cara de malo—. Y no te mezcles con ella, o tú también acabarás con la cabeza partida.

3

Cuando hablaban de ella se santiguaban los labios o hacían un gesto de fastidio con la mano, como si ahuyentaran una avispa o tuvieran miedo; los adultos hablaban de una chiquilla en edad de ir a la escuela igual que si fuera una enfermedad grave o uno de esos hierros oxidados que infectan las heridas, provocan fiebre y causan la muerte.

Cuando la veía llegar al parque, me ponía a espiarla lanzándome cada vez más desde lo alto del columpio mientras mi madre charlaba con sus amigas a la sombra de los cidros, con el pelo salpicado por el sol que se filtraba entre las hojas y con los guantes blancos. La madre de la Malnacida jamás la acompañaba. Lo hacía Ernesto, su hermano mayor, que acababa de cumplir veinte años y tenía tanta fuerza en las piernas que pedaleaba en bicicleta hasta el centro sin tocar el sillín, más rápido que los coches incluso cuesta arriba. Tenía las manos grandes, el pelo oscuro y el polvo negro de la fábrica pegado a los surcos de la cara. Permanecía apartado, en el único banco a pleno sol. Ella se balanceaba en las ramas del roble al que trepaba más alto que nadie; él fumaba un cigarrillo en silencio y la vigilaba.

Cuando pregunté por qué no podía jugar a balancearme en los árboles con ella, mi madre me cogió de la muñeca y me dijo que tenía que mantenerme alejada de la Malnacida: traía mala suerte.

Donde estaba ella sucedían cosas malas, cosas que mi madre, bajando la voz como cuando pronunciaba palabras bonitas y difíciles, llamaba «desgracias»; esas cosas que ocurren en las casas donde cuelgan la herradura al revés, y, en vez de ahuyentar los problemas, los atraen. «Peligrosa como Satanás», decía mi madre en el dialecto de su tierra, que ya casi no usaba porque las demás señoras la miraban por encima del hombro y se reían por lo bajo llevándose a la boca una mano elegantemente enguantada.

—No me lo creo —dije—. ¿Por qué no puede ser mi amiga?

Entonces mi madre me contó la historia del niño que se había caído por la ventana y que no había vuelto a levantarse. Era uno de esos rumores que circulaban entre las madres que descansaban a la sombra y parloteaban al ritmo de los chasquidos del abanico. Una de esas historias que se alimentan de palabras de otros, susurradas a escondidas.

Sucedió un día que la Malnacida, que tenía siete años, estaba jugando en la cocina con su hermano Dario, de solo cuatro. La señora Merlini, su madre, los había dejado solos un momento para ir a pedir sal a la vecina. A la vuelta, Dario no estaba en ninguna parte. Lo buscó debajo de las camas, en los armarios, entre la ropa sucia y tras las cortinas hinchadas por el viento. Luego le preguntó a la niña, que había permanecido todo el rato de pie, observándola.

—¿Dónde está? ¿Dónde está tu hermano?

Ella levantó una mano y señaló la ventana.

—No ha sido culpa mía —dijo.

Entonces la señora Merlini se asomó y miró abajo.

Dario estaba en el patio, cuatro pisos más abajo; la sangre, negra y brillante, le salía de la boca y los oídos.

4

Mi madre quería que tuviera miedo de aquella chiquilla sucia para que no le dirigiera la palabra. Por eso me contó lo del hermanito que se había caído por la ventana y lo de su compañera de pupitre que, de repente, durante un dictado, se puso a gritar y a golpearse la cabeza contra la madera una y otra vez hasta que volcó el tintero y le salió sangre de la sien y espuma de la boca. Y lo de la maestra, que se clavó en el índice y el pulgar las astillas de la palmeta, que se le partió mientras castigaba a la Malnacida, y salpicó de sangre el mapa de Italia; la herida se le infectó y poco faltó para que no pudiera escribir ya más en la pizarra.

Esperaba que después de oír aquellas historias terribles y sangrientas dejara de buscar a la Malnacida, pues, de lo contrario, más pronto que tarde me lanzaría una maldición, porque eso es lo que hacen las brujas.

Sin embargo, produjo el efecto contrario: hizo que la sintiera más cercana. A la Malnacida también se le había muerto un hermano y quizá se sentía culpable de estar viva, como yo.

Mi madre decía que no debíamos hablar de mi hermano. Las únicas veces que se pronunciaba su nombre era el día de los difuntos y el 26 de abril, fechas en las que íbamos a depositar un ramo de gladiolos sobre la lápida blanca al fondo de la avenida de plataneros.

Cuando nació, mi madre dejó sobre la cuna dos mandarinas y una bolsita de caramelos envueltos en papel de colores. «La cigüeña ha traído un niño para nosotros y golosinas para ti», dijo. Pero a pesar de que la cigüeña no se había olvidado de mí, yo lo odiaba. Hacía mucho ruido, era rojizo y gordo y no sabía estar de pie solo. Nos despertaba todas las noches con sus llantos y mi madre siempre estaba cansada. Decía que de pequeña yo era como él, pero no me lo creía. Desde el momento en que llegó dejé de existir.

El día en que murió no estaba triste y tuve que esforzarme por llorar, para no darles un disgusto a mis padres.

Se había puesto del color de las ciruelas maduras y en un momento dado dejó de respirar, como si se hubiera atragantado con el hueso de una cereza. Cuando el médico dijo que no había nada que hacer, mi madre, desesperada, mordió las sábanas.

Si me hubieran pedido que la describiera, de algo estaba segura: mi madre no era feliz. Y tampoco lo era antes de que la enfermedad consumiera los pulmones del niño que durante menos de un año fue mi hermano. En los raros momentos en que se la veía serena, declamaba frases de las películas que había visto en el cine o diálogos teatrales en dialecto. Abría los armarios, se ponía sus mejores chales, con borlas y flores de seda, me enseñaba viejas fotos que guardaba en álbumes de papel crujiente, que yo no tenía permiso de tocar porque se rasgaba, y decía: «Mira a tu madre. Mira qué guapa era». Me hablaba de mujeres que no eran reales, pero que para ella lo eran más que la maestra de la escuela: Dido, Greta Garbo, Marlene Dietrich y Medea; mujeres hermosas y trágicas. «Antes era como ellas», decía.

Había conocido a mi padre en el teatro Petrella de Nápoles; él estaba de vacaciones con sus primos y ella actuaba en la obra *Sposalizio*. Le gustaba contarme que se había dejado cautivar por aquel hombre que tenía los ojos del color de la niebla del norte y que, eso creía ella, la convertiría en una estrella de cine. Pero de aquellos deseos solo quedaba una vaga sensación de tragedia. La belleza, en cambio, se había desvanecido porque la hinchazón que había acumulado en el vientre y las mejillas para darle a mi padre los hijos que él deseaba le había anidado bajo la carne y allí seguía después de años.

Los médicos dijeron que había sido culpa de las vacaciones en la playa, que mi hermano había contraído allí la enfermedad que le había paralizado los pulmones y lo había ahogado en su propio líquido. Tras aquel verano en que la poliomielitis lo consumió, no volvimos a ir de vacaciones a la playa y mi padre nos llevó a la montaña «a respirar aire puro».

Mi madre empezó a refugiarse cada vez más en sus silencios y a cuidar de su aspecto como si fuera una tarea que ella misma se imponía. Seguía un régimen férreo y llevaba el pelo a la *garçonne*, con caracolillos en las sienes. Mi padre lo detestaba. Decía que una mujer no debía ir por ahí con el pelo corto, que no estaba bien. Ella escondía las revistas de moda debajo del colchón; eran su biblia, su abededario. Se sentaba delante del espejo, en su puf de tapicería bordada, y se chupaba la yema del índice para comprobar la temperatura de las tenacillas con las que se hacía los caracolillos.

Él casi no le hablaba. Permanecían quietos y distantes como perros viejos que siempre han compartido el mismo patio y se han cansado de su olor. Algunos días debía de acordarse de que la había querido, yo lo notaba por la manera en que le ofrecía el brazo para bajar la escalera o esperaba en la habitación mientras ella se ataba las cintas del vestido. El humo de la pipa le ocultaba la cara y el pelo se le enralecía en las sienes, donde el ala del fedora, que llevaba puesto en toda ocasión, le dejaba un surco. Cuando estaba nervioso se acariciaba los nudillos con movimientos circulares cada vez más pequeños. Pasaba poco tiempo en casa; salía por las mañanas, sin desayunar, y volvía a la hora de cenar, agotado por el día pasado en la sombrerería.

En casa siempre estábamos entre mujeres: mi madre, las criadas y yo. Luego llegó la lenta ola de la crisis, que según mi padre había empezado en los bancos de Estados Unidos. En marzo de 1932 habíamos tenido que mudarnos a una casa más pequeña, en la zona de largo Mazzini, y quedarnos con una sola criada, Carla, que se quejaba de que se le hinchaban las piernas y tenía aspecto de campesina, pero que salía barata.

Mi madre se remendaba ella misma los vestidos y se pasaba el tiempo delante del tocador de su habitación para tratar de mantener la farsa de gran señora; mi padre se quedaba cada vez más en la fábrica, los nudillos se le habían puesto brillantes y sus ausencias eran un vacío que no podía llenarse.

Yo me escondía en el armario, donde había espacio suficiente para hacerse un ovillo entre las camisas limpias y las pastillas de jabón. Me aseguraba de que la puerta estuviera cerrada, hasta que solo entraba un haz de luz, y me ponía a gritar con la cara apretada contra una camisa de mi padre. Luego me sentía mejor. Pero me duraba poco.

Siempre me había gustado la soledad, aunque a medida que crecía tomaba conciencia de que mi vida, en vez de aumentar de tamaño a la par que mi cuerpo, mi pecho y mis muslos, se hacía cada día más pequeña, cada vez más, hasta hacerme desaparecer.

Sin embargo, todo cambió aquel día de junio en que, con miedo a morir, me tragué el hueso de la cereza y miré a la Malnacida.

Era la primera vez que alguien me miraba a los ojos y parecía decir: «Te he elegido».

5

A la mañana siguiente la encontré debajo de casa. Llevaba un vestido demasiado holgado que le dejaba un hombro al descubierto y sujetaba una vieja bicicleta de carreras oxidada, con el manillar retorcido como un par de cuernos. Había salido al balcón al oírla gritar:

—¡Señoritinga de las cerezas, baja!

Yo iba descalza, con un camisón largo hasta los tobillos; ella miraba hacia arriba haciendo visera para protegerse de la luz.

—Hola —dijo golpeando un pedal con la pantorrilla.

—¿Cómo sabes dónde vivo?

—Yo sé un montón de cosas. —Seguí mirándola agarrada a la barandilla—. ¿Qué? ¿Bajas o no?

—¿Para qué?

—Para ir al Lambro.

Dudé.

—¿Juntas?

—Si no, ¿para qué he venido a buscarte?

De dentro de casa llegaba el entrechocar de los platos que Carla estaba fregando en la cocina y el chirrido quedo de la máquina Singer del salón. Mi madre cantaba como una soprano en el teatro: «Oje vita, oje vita mia, oje core 'e chistu core si' stata 'o primmo ammore e 'o primmo e ll'urdemo sarraje pe' me». Mi padre había salido antes de que me despertara, dejando a su paso el olor seco a tabaco de pipa que impregnaba las cortinas y las alfombras.

Un tranvía pasó traqueteando a un palmo de la espalda de la Malnacida y le levantó la falda, pero ella ni se inmutó.

—¿Vienes o no? —gritó por encima del ruido.

—Mi madre no me deja.

Me parecía oír que decía: «Una señorita como es debido solo sale para hacer recados y para ir a la iglesia».

—Pues no se lo digas.

Miré dentro de casa, luego fuera. Podía usar una cortina para bajar, o deslizarme por la cañería, o robar las llaves del bolso de mi madre y salir sin que me oyeran. Pensé en lo que harían Sandokán, el Corsario Negro y el conde de Montecristo. Pero ellos permanecían silenciosos entre las páginas de los libros de lomos rojos que guardaba en mi habitación, atrapados en aventuras en lugares lejanos, mientras que yo estaba en camisón en el balcón de mi casa y ni siquiera sabía encaramarme a los árboles. Además, ellos eran chicos y yo solo una chica. Lo mío era que me salvaran.

—No puedo —dije.

La Malnacida se rascó la mancha que tenía a un lado de la cara, quizá una herida que se había recrudecido, y se encogió de hombros.

—Allá tú.

Dio la vuelta a la bicicleta, puso un pie en el pedal y tomó impulso. Voló hasta el fondo de la calle del mercado pedaleando sin tocar el sillín, como su hermano, curvada hacia delante, la falda hinchada por el viento. Se metió entre dos grupos de amas de casa con las bolsas de la compra y las dispersó como a una bandada de palomas asustadas; luego desapareció tras el bloque compacto del tranvía.

Volví dentro de casa, cerré la ventana y corrí las cortinas. Al fondo del salón mi madre levantó la cabeza de la máquina de coser y detuvo el pie que movía el pedal.

—¿Quién era? —preguntó.

—Nadie.

—Eso espero —asintió volviendo a sus tareas—. Eres demasiado pequeña para tener un pretendiente —dijo sin levantar la vista de la tela roja que estiraba con los dedos—. No hay que echarse a perder. Todavía no eres una mujer, pero debes andarte con cuidado con los chicos.

—Lo sé —respondí, a pesar de que no entendía los sermones de mi madre sobre el tema de ser mujer. Un día dejaría de ser lo que era y me convertiría en otra, quizá obsesionada por los modales, como ella. Ese día se me antojaba lleno de misterio y vergüenza y me asustaba.

Me escabullí entre las macetas de aspidistra con la tierra seca que mi madre se olvidaba de regar, porque a las cosas vivas era a las que menos atención prestaba. Tuve que ponerme de lado para pasar entre el voluminoso mueble de raíz y la mesa con las patas de león que ocupaban toda la sala.

A pesar de que en la nueva casa solo teníamos cuatro habitaciones, mi madre no había querido abandonar ninguna de nuestras cosas, así que aquel piso atiborrado de muebles, estatuillas de peltre, ollas de cobre y tallas de la Virgen parecía la tienda de un chamarilero, pero con los objetos brillantes y sin una mota de polvo.

Llegué a la cocina. Carla estaba mezclando algo en un cuenco. Tenía los dedos pegajosos de grumos de harina amasada con agua y mantequilla. Llevaba al cuello una cruz de oro, era fuerte y robusta, solo pedía treinta liras a la semana y cuando sonreía mostraba una hilera de dientes limpios. Sin embargo, a mi madre le incomodaban su pronunciado acento bergamasco, rudo y áspero, y sus piernas rechonchas.

—¿Estás triste, niña? —dijo en dialecto con aquella sonrisa que le iluminaba la cara. Me encogí de hombros y negué con la cabeza. Ella me pellizcó la mejilla y me manchó de harina—. A mí puedes contármelo.

Permanecí en silencio, dibujando círculos en la montaña de harina que había sobre la mesa.

Carla suspiró hondo y reanudó el amasado.

—Pásame los huevos —dijo señalando con el mentón la estantería al lado del fregadero, donde había una botella con la leche, el paquete de harina y un recipiente de cartón con media docena de huevos—. Ten cuidado que no hay más.

Fue entonces cuando se me ocurrió una idea.

—Aquí tienes —dije. Extendí el brazo hacia la mano que Carla me tendía y solté la huevera demasiado pronto; los huevos se estrellaron y el cartón se impregnó.

—Dios mío, ¿qué has hecho? ¡Te dije que eran los últimos! Y ahora ¿qué le digo a la señora?

—Puedo ir a comprarlos —propuse tras pedirle perdón.

—¿Desde cuándo te ofreces para hacer recados? —preguntó con el ceño fruncido.

Cogí la bayeta del fregadero y me agaché.

—Déjalo. Ya lo hago yo —dijo Carla—. Pídele a tu madre dinero para los huevos, que el pastel debe estar listo para la hora de comer.

Volví al salón con un nudo en la garganta y me acerqué descalza a la máquina de coser de mi madre; los pies se me hundían en la alfombra. Solo me prestó atención en el momento en que estuve a un paso de ella. Dejó de mover el pedal y me escrutó.

—¿Y ahora qué quieres?

—Carla ha dicho que baje a comprar huevos.

—No puede ser. Dile que busque en la alacena, acaban de llegar.

Volvió a poner en marcha la Singer acariciando la rueda y empujando el pedal de hierro.

Tragué saliva.

—Se han roto —repliqué.

—¿Cómo que se han roto? —soltó mi madre dando un manotazo sobre la chapa de la máquina.

—He sido yo, señora. Perdóneme —dijo Carla asomándose por la puerta de la cocina mientras se limpiaba las manos en el delantal.

La cara de mi madre se contrajo. Se levantó sin decir nada y se dirigió poco a poco hacia el espejo del pasillo, al tiempo que se ceñía la cinta de la bata.

Refunfuñando, se puso a buscar el monedero en su bolso de avestruz.

—Mira que se lo dije a tu padre, que teníamos que quedarnos con Lucia, no con Carla. Esta no hace más que estropicios. Qué vergüenza —concluyó sacando el monedero. Me plantó en la mano una moneda de cinco liras con el águila grabada—. Y, ya puestos, compra una docena. Di al verdulero que vas de mi parte y que hay dinero de sobra. Apresúrate.

Antes de salir pitando hacia mi habitación para vestirme, eché una ojeada a la puerta de la cocina; Carla me miraba de pie en el umbral. Articulé un «gracias» mudo apretando la moneda de plata en la mano y me asaltó un sentimiento de culpa pegajoso como la clara de huevo cruda.

Fuera el sol quemaba y no corría ni un soplo de aire.

La gente atestaba las calles, que olían a sudor y se llenaban con el vocerío de los corros que se formaban cerca de las tiendas y el chirrido del tranvía que iba al centro.

Me había puesto el vestido estampado con hojas de roble y, en el cuello, la cadenita de oro de la comunión. Caminaba a grandes pasos por via Vittorio Emanuele, peinándome con los dedos. Por primera vez quería que pronunciaran mi nombre y me señalaran susurrando: «¡Qué guapa se ha puesto!».

Me sentí avergonzada al pasar por delante de la tienda del señor Tresoldi. Encorvada y cubriéndome la cara con la mano, la dejé atrás. Luego eché a correr; al final de la calle dos leones de piedra con las patas cruzadas me miraban desde las columnas que flanqueaban el puente.

Me asomé a la balaustrada y miré abajo, entre los guijarros y la corriente del Lambro, que en aquella estación del año era una cinta larga y fina. Todos estaban allí: Filippo, con los pies en remojo —los zapatos tirados en la orilla con los calcetines arrugados dentro— y una mano llena de guijarros planos que hacía rebotar en el río; Matteo, que estaba clavando una gruesa rama entre los guijarros salpicados de barro, y la Malnacida, que miraba dentro de una regadera de metal, sentada.

Ella fue la primera que me vio. Levantó una mano y, como si me esperara, dijo:

—Baja.

—¿Por dónde? —Señaló un lado del margen donde la hiedra era espesa y las piedras se habían desprendido—. No puedo bajar por ahí.

—Sí que puedes. —Y siguió mirando dentro de la regadera hasta que metió una mano.

Me di la vuelta para ver si pasaba gente, pero nadie nos prestaba atención, ni a mí ni a los chiquillos que estaban abajo, en el Lambro.

Crucé el puente manteniéndome a ras de la balaustrada, que se estrechaba y dejaba espacios lo bastante anchos para pasar en-

tre las columnas. Alcancé el punto donde la pared del margen se
había derrumbado y faltaban ladrillos. Si tenía cuidado, podía
apoyar los pies en las ramas de hiedra cruzadas y descender hasta el fondo. Pero nunca había hecho nada parecido y el suelo estaba a una distancia que, si por casualidad me caía, me abriría la
cabeza como si fuera una cáscara de huevo y no volvería a casa.

—¿Estáis seguros de que no hay otro camino? —grité.

Filippo y Matteo se echaron a reír y siguieron con lo que estaban haciendo —lanzar piedras al agua y remover el barro con
una rama— como si fuera lo más importante del mundo. La
Malnacida parecía haberse olvidado de mí; desde donde me encontraba solo podía verle la espalda: los puntiagudos omóplatos
asomaban por el escote del vestido.

Entonces respiré hondo y recé. Lo hice deprisa y sin prometer
a Jesús nada a cambio. Al fin y al cabo, no estaba pidiendo un
milagro, solo no caerme, o al menos que ella no se diera la vuelta
y se riera de mí.

Me agarré a las columnas de piedra y dejé colgar las piernas.
Traté de alcanzar las ramas con una, pero no llegaba. Me puse de
espaldas al río y empecé a bajar con lentitud tanteando dónde
apoyar los pies. Respiré, pero luego miré abajo y me entró vértigo,
entonces estiré el cuello al tiempo que percibía el funesto hedor
del agua y el barro.

Cuando toqué el suelo, las rodillas me flaquearon. Me levanté y me sacudí el polvo de la falda. La Malnacida me observó
mientras yo avanzaba con dificultad sobre los guijarros y volvió a sonreírme como el día anterior en el puente de san Gerardino. Se levantó y se secó las palmas en los muslos.

—Sabía que vendrías.

—Yo también —dijo Filippo, y lanzó otra piedra, que rebotó
formando dos ondas antes de que el agua se la tragara.

—No es verdad —replicó Matteo.

—Sí que lo es.

—No. —Matteo movió una roca con el palo, le dio la vuelta y dejó al descubierto la tierra, negra y mojada, horadada por los gusanos.

—Eras tú el que decía que no se atrevería —replicó Filippo.

—Y tú decías que seguro que se había muerto.

—¿Qué quieres decir? —pregunté con la respiración entrecortada.

—Lo dijo él. —Matteo levantó el palo para señalar a Filippo y le salpicó de tierra la camisa limpia.

Filippo lanzó otra piedra.

—Mi padre piensa que si te comes el hueso de la fruta te crece una planta en la barriga que luego te sale por las orejas y la nariz y te ahoga. Es lo mismo que les pasa a los mentirosos.

La Malnacida debió de leerme el miedo en los ojos, porque se levantó y le dio un puñetazo en un hombro.

—Cállate. No tienes ni idea.

Filippo gañó como un perro y se frotó la clavícula mientras se mordía el labio inferior; tenía las paletas tan separadas que cabía un dedo entre ellas.

Matteo se echó a reír.

—Eres delicado como una chica.

La Malnacida fue hacia él, le arrancó el palo de la mano y le golpeó detrás de los tobillos haciéndolo aterrizar sobre el trasero. Él gimoteó por lo bajo mientras ella arrojaba lejos el palo y me miraba.

—¿Vienes con nosotros o no?

—¿Con vosotros? ¿Adónde?

—Ahora lo verás. —Fue a buscar la regadera, se la colgó del brazo y la levantó sin esfuerzo.

—¿Y los gusanos? —dijo Matteo, señalando con la barbilla el agujero de tierra oscura.

—Ya no hacen falta —zanjó la Malnacida—. Con estos tenemos suficiente. —Se agachó a recoger las sandalias, se las colgó al cuello por las tiras de piel y echó a andar por la orilla dejando atrás el puente. Cargaba con la regadera, que la obligaba a ladearse para sostener su peso. Matteo recogió el palo y Filippo los zapatos, y la siguieron. Ninguno de los dos se ofreció a llevarle la regadera.

Yo también fui tras ella y la alcancé. Los zapatos de suela de piel y los calcetines limpios hacían que me sintiera fuera de lugar, pero me esforcé por aparentar seguridad.

—¿Qué llevas ahí? —le pregunté con el mismo tono enérgico que ella empleaba.

—Peces —respondió la Malnacida—. Hoy solo hemos cogido tres.

—¿Para qué sirven? —insistí echando un vistazo al retazo de agua negra iluminado por destellos plateados.

—Sirven para coger lagartijas.

—¿Los peces?

—Los peces.

—¿Y qué tienen que ver los peces con las lagartijas?

—Esos son para los gatos —puntualizó, como si fuera igual de obvio que el cielo estaba arriba y la tierra abajo.

—¿Los gatos?

—Luego lo entenderás —dijo, y apretó el paso hasta que solo le vi la espalda, con la regadera golpeándole el costado y una estela de huellas mojadas sobre las piedras.

Avanzamos en silencio, como en procesión: la Malnacida delante y nosotros detrás. Cuando se daba la vuelta para comprobar que la seguíamos, le veía la mancha que le empezaba en la sien y, pasando entre el ojo y la oreja, le llegaba a la barbilla. Mi padre me había contado que se llamaba «angioma» y que era señal de que la piel de debajo estaba enferma. Mi madre me había dicho que era la marca de los labios del demonio y que cuando pensaba en la Malnacida cometía pecado. Cualquier otra en su lugar habría tapado con el pelo aquella mancha que podía ser una enfermedad y una maldición al mismo tiempo. Ella no.

A nuestro alrededor se oía el estrépito de la vida del Lambro, que me asustaba: el ruido de las ratas al pasar, el ronco parpar de los patos y el goteo del agua, que el eco aumentaba a la húmeda sombra de los puentes.

La Malnacida se detuvo en cuanto llegamos a la que llamaban «bajada de la cascada», el punto en que el lecho del Lambro se curvaba en una inclinación con forma de medialuna, donde el agua bullía y espumeaba cuando iba crecido, y que en aquel momento, que discurría casi seco, se distribuía en estrechos arroyos. La Malnacida dejó la regadera en el suelo y señaló hacia delante. Allí, en los huecos donde los guijarros estaban secos y crecían las hierbas silvestres, se encontraban los gatos. Algunos se desperezaban sobre las piedras ardientes y otros vagaban entre la maleza y bufaban.

—Y ahora mira —dijo la Malnacida. Se subió la manga del vestido y metió la mano en la regadera. Cogió uno de los peces y se acercó despacio a los gatos.

La observé mientras se agachaba. Se aproximó a uno de ellos, negro como pan carbonizado y con los ojos blancos y brillantes, que levantó la cola. Tenía una lagartija gorda, de un verde luminoso, entre los dientes. Cuando la Malnacida le ofreció el pescado, el animal soltó la lagartija y amagó con cazar al vuelo la pieza que ella le arrojó lejos; luego salió corriendo para atraparla y, con un gesto rápido, la Malnacida hizo lo mismo: se lanzó en medio de la maleza, atrapó la lagartija y se puso de pie.

—¡Mira qué grande es! —gritó mientras el reptil forcejeaba en su puño. Le cogió la cola con la otra mano y se la arrancó; sujeta entre el índice y el pulgar, seguía enrollándose en sus dedos.

Filippo y Matteo pescaron en la regadera.

—Ahora cogeré una aún más grande —la desafió Filippo.

—Pero si no pillas ni una —replicó Matteo soltando una fuerte carcajada con un pez en la mano. Mientras tanto, Filippo se agitaba rebuscando en la regadera.

Matteo y la Malnacida se lanzaron cuesta abajo dándose codazos, y no se entendía si competían para atrapar lagartijas o para dejarse arañar por los gatos.

Volvieron con las manos llenas de colas y extendieron los brazos para comparar las heridas y hablar de ellas entre sí.

Filippo, en cambio, tenía las mangas de la camisa mojadas y las manos vacías. Se había apartado y daba patadas a las matas de hierbas asustando a los gatos.

—¿Y qué haces con eso?

—Me las guardo —respondió la Malnacida metiéndose las colas en los bolsillos—, como si fueran trofeos.

—¿Dónde?

—Debajo de la cama. En un tarro con vinagre. —Se pasó un par de dedos sobre uno de los arañazos y se chupó las yemas.

—¿Quieres intentarlo? —me preguntó.

—No creo que sea capaz.

—Tiene miedo. Es una chica —dijo Matteo; escupió la palabra como si fuera un bocado de carne viscosa, de esos que una no logra tragarse por más que lo intente. A la Malnacida no la llamaba así.

—No es verdad, no tengo miedo —repliqué con rabia.

La Malnacida esbozó una sonrisa descarada.

—Demuéstramelo.

—Pero ¿no podemos jugar a otra cosa? —me atreví a decir evitando mirarla.

—¿A qué? —preguntó Filippo, que quizá era el primero que no se divertía jugando a pillar colas.

—No lo sé. A algo sin lagartijas —respondí encogiéndome de hombros—. Podríamos jugar a que ese era el barco y nosotros los piratas, como en las novelas del Corsario Negro. —Señalé un grueso tronco caído de través en la bajada.

—No —zanjó la Malnacida. Y de repente se puso seria y nos fulminó con la mirada.

—¿Por qué? —me atreví a preguntar, pero tenía la boca seca.

—Porque lo digo yo.

—Nunca jugamos a fingir —explicó Filippo, y se encogió de hombros.

—¿Por qué no?

—Porque fingir es peligroso —dijo Matteo jugueteando con las colas que tenía en la mano.

—¿Peligroso? —pregunté.

La Malnacida ya no me hacía caso. Miraba fijamente más allá del Lambro y más allá del puente, como si buscara algo que había perdido.

En ese momento las campanas de la catedral se pusieron a repicar. Conté los toques: doce. Doce campanadas y todavía no había comprado los huevos.

Carla no tendría listo el pastel para la hora de comer y mi madre me responsabilizaría a mí. O quizá castigarían a Carla por mi culpa.

—Tengo que irme —dije metiendo la mano en el bolsillo donde guardaba la moneda.

—¿Adónde? —preguntó Filippo.

—A comprar huevos a la tienda del señor Tresoldi —respondí tragando un grumo de saliva. El miedo me oprimía las entrañas solo de pensarlo—. He dejado caer los que había en casa para poder salir —expliqué buscando la aprobación de la Malnacida.

Ella se echó a reír.

—¿Los has roto adrede?

Asentí levemente.

Alzó la barbilla.

—Te acompaño.

—¿No tienes miedo?

—¿De qué voy a tener miedo?

—Del señor Tresoldi. Se acuerda de que le robasteis las cerezas. Sabe que fuisteis vosotros.

—Yo no le tengo miedo a nada.

6

Dejando atrás el puente, caminamos juntas a lo largo de via Vittorio Emanuele. Yo con las manos en los bolsillos, la Malnacida agarrada al manillar de la bici y erguida sobre un pedal. La gente se volvía a mirarnos. Yo no estaba acostumbrada a esa clase de miradas y se me clavaron encima como una costra de roña. En cambio, ella mantenía la cabeza alta y no les prestaba atención.

—Te sale sangre.

—Y qué. —Levantó el brazo y se puso a lamer el largo corte en relieve, hinchado y enrojecido, que iba de la muñeca al codo—. Así escuece menos.

La tienda del señor Tresoldi estaba al final de la calle, tenía el rótulo de metal, anuncios de latas de tomate y los cristales del escaparate opacos debido a una limpieza apresurada hecha con agua y papel de periódico.

La Malnacida apoyó la bicicleta al lado de las cajas de fruta amontonadas delante de la entrada y subió los tres peldaños.

—¿Vienes? —preguntó como queriendo decir: no voy a esperarte.

La alcancé y me obligué a entrar; una campanilla tintineó a nuestro paso. Dentro se percibía el olor terroso de las patatas y había latas apiladas en los estantes más altos y botellas de vino; el aire era húmedo y caliente. De pie, sobre una escalera de hierro apoyada en la pared de la estantería de las mermeladas y confituras Cirio, de la que también colgaba un calendario del duce, estaba Noè, con los tirantes bajados y un bote de mermelada de fresas en la mano. Se giró y suspiró en cuanto nos vio.

—Ya voy —dijo el señor Tresoldi desde la trastienda.

Apareció por la puerta de cristal esmerilado donde rezaba: PROHIBIDA LA ENTRADA. Del otro lado llegaban los ruidos del patio: los ladridos del perro, los aleteos de las ocas. Mientras se acercaba con paso inseguro, iba frotándose los dedos con un trapo ennegrecido.

Cuando llegó hasta la luz empañada que se filtraba por el escaparate nos reconoció. Los ojos se le volvieron duros y finos; tenía las manos anchas, con las palmas cortadas por las espinas de las alcachofas y las uñas sucias.

—¿Qué hacéis vosotras aquí?

Sentía en la boca el sabor ácido de cuando mi madre me hacía tomar magnesia.

La Malnacida me dio un codazo en el costado. Reprimiendo el miedo, dije:

—Tengo que comprar una caja de huevos. De los grandes. Soy la hija de la señora Strada. Me manda mi madre.

—Sé quién eres —replicó echándose el trapo al hombro; luego señaló a la Malnacida—. Y sé quién es esta. *Per pinina che la sia, la surpasa el diavul in furbaria.**

La palabra *diavul* me dio miedo.

—Tiene dinero —dijo la Malnacida alzando la barbilla—. Va a pagar los huevos, así que no le queda otra que dárselos.

Abrí el puño y le mostré las cinco liras.

---

* En dialecto lombardo: «Aunque sea una chiquilla, supera al diablo en marrullería». *(N. de la T.)*

El señor Tresoldi nos escrutó, una larga mirada silenciosa. Estaba segura de que iba a rompernos la cabeza con el cascanueces de hierro que colgaba de un gancho al lado del saco de las avellanas. Sin embargo, se pasó la lengua por los dientes y dijo:

—A los ladrones no les vendo ni el rumiajo de las manzanas. No hay perdón para el que roba, aunque solo sea una vez.

—Y a usted, que le robó la carnicería al señor Fossati, ¿quién le ha perdonado? —repuso la Malnacida de corrido.

El señor Tresoldi bufó por las narices y señaló la puerta gruñendo.

—No volváis a poner los pies aquí o veréis lo que es bueno. Os echaré a las ocas.

Salimos pitando, yo con la cabeza gacha y conteniendo la respiración y ella pateando adrede las baldosas para hacer ruido.

Desde el interior de la tienda, el señor Tresoldi gritó:

—¡Ten cuidado, no te cortes la cola, Malnacida!

Nos paramos justo después de bajar los tres peldaños. Ella sacó la lengua y luego me dijo:

—No llores. Llorar es de tontos y no sirve de nada.

—No puedo remediarlo. —Sorbí por la nariz y me sequé las lágrimas con un brazo—. ¿Por qué le has dicho eso?

—Porque es verdad —resopló—, y los huevos podemos cogerlos solas. Se va a enterar.

—Pero ¿no has oído lo que ha dicho? Que si volvemos nos arroja a las ocas para que nos coman.

—Solo si nos descubre. —Esbozó una de sus malvadas sonrisas. Luego se le contrajo el rostro.

—¿Qué pasa?

Señaló la entrada de la tienda.

Me di la vuelta: Noè estaba de pie en el umbral, con su mata de pelo rizada y oscura, tan encrespada que una podía perder ambas manos si las hundía en ella.

—¿Qué quieres? —le preguntó la Malnacida.

Noè dudó un instante y avanzó hacia nosotras.

—Toma —dijo tendiéndome una caja con doce huevos.

—¿Por qué? —pregunté apretándola contra el pecho.

—Era lo que querías, ¿no? —Se encogió de hombros.

—Gracias.

Sus ojos, del color de las castañas, se clavaron en los míos y me ruboricé. Le tendí la moneda, pero él negó con la cabeza.

—Tengo que volver dentro, si no se enfadará. —Agitó un poco la mano y sonrió a medias antes de cerrar la puerta—. Adiós.

La caja todavía estaba caliente y conservaba su olor, un olor animal, salvaje, a tabaco negro, un olor que, tuve que admitirlo, me gustaba.

—No estoy segura de que podamos fiarnos de él —dijo la Malnacida.

En casa, me miré en el espejo del baño durante mucho rato. Tenía la mejilla enrojecida donde mi madre me había dado una bofetada porque había tardado mucho en volver. También me había estropeado el vestido y me había manchado los zapatos.

—¿Dónde te habías metido, desgraciada? —me gritó a la cara. Pero no respondí.

De pie, sujetándome en el lavabo, solo con ropa interior (el vestido, empapado, goteaba colgado del tendedero de la bañera), me repetía: «No le tengo miedo a nada».

Me puse a observar una rozadura rosa y brillante en el brazo; debí de hacérmela cuando bajaba por la hiedra del muro derrumbado. Estaba orgullosa de esa herida, pero en comparación con los brazos de la Malnacida, llenos de rasguños, no era nada.

«No le tengo miedo a nada», repetía con la barbilla alzada, esforzándome en reconocer en mi cara, que siempre había considerado corriente, los rasgos de ella.

Por una parte, estaba la vida tal y como yo la conocía; por la otra, tal y como ella me la mostraba. Y lo que antes me parecía correcto se deformaba como mi reflejo en el agua de la pila cuando me lavaba la cara. En el mundo de la Malnacida se competía por hacerse arañar por los gatos y el dolor desaparecía lamiéndose las heridas. Era un mundo donde no se podía jugar a fingir que eras quien no eras y si hablabas con los chicos los mirabas a los ojos.

Observaba su mundo parada en el borde del precipicio, pero decidida a saltar. Y no veía la hora de caer por él.

7

Aquel sábado mi padre nos anunció que había invitado a comer a una persona importante. Era un acontecimiento porque desde que nos habíamos mudado a la casa pequeña mi madre no había querido recibir a nadie.

Aleccionó a Carla explicándole que debía andar despacio y erguida, mantener la boca cerrada y cocinar un buen caldo —no con el cubito, que era de pobres, sino con carne y verduras frescas— con *tortellini* y asado relleno de segundo, que a mí me daba asco. Entretanto, se puso el vestido tobillero ceñido en la cintura, el collar de perlas y los pendientes de brillantes. Luego sacó de un cajón la fotografía de Mussolini y la colocó a la vista sobre el aparador.

El invitado de mi padre y su mujer llegaron con retraso y no se excusaron por ello. La señora arrugó la nariz al ver el centro de encaje que cubría el respaldo del sofá y él se limpió las botas en la alfombra. Lo reconocí por su manera arrogante de mirar, como si todo estuviera a su disposición, incluida mi madre. El señor Colombo le rozó la mano con los labios y se enderezó la insignia prendida en la solapa de la chaqueta. A pesar de que ni él ni su coche le gustaban, mi padre se prodigaba en reverencias hasta casi tocar el suelo con la cabeza y decía: «Póngase cómodo, señor». Mi madre había obligado a Carla a llevar la cofia y le había advertido: «Si me haces quedar mal, te vas a enterar».

Yo debía hacer gala de mis buenos modales: mantener los codos pegados a los costados, desplegar la servilleta y apoyarla en las piernas y permanecer en silencio «como una señorita» mientras los adultos hablaban de asuntos de adultos y mi padre le reía las gracias al señor Colombo. Debía sonreír, decir «Gracias» y «Por favor» y hablar solo cuando me dirigían la palabra. Debía beber el caldo sin sorber ruidosamente y usar los cubiertos en el orden correcto.

Mi madre me había instruido sobre cómo comportarme en la mesa, pero nunca me había reñido por una mala nota: me prefería bien educada a instruida.

Había tantas reglas que respetar que el apetito se me pasaba; buscaba la complicidad de Carla, que hacía muecas a espaldas de mi madre para animarme.

No podía comerme la carne rellena. Estaba muy caliente y el interior era verde y blando. Pero una de las reglas era que el plato no se retiraba de la mesa hasta que estuviera vacío. Así que corté mi porción en pedazos muy pequeños y, a escondidas, fui dejándolos caer de la punta del tenedor a la servilleta abierta sobre las piernas. Entretanto, mi padre gesticulaba describiendo el fieltro de Flandes y las entretelas. El señor Colombo asentía fingiendo que comprendía incluso cuando mi padre le hablaba de embastado y de las maneras que existen de dar forma a un sombrero.

—Un fascista de verdad cumple su palabra, señor Strada. Obtendrá la contrata —repetía.

Entonces caí en la cuenta: mi padre estaba dispuesto a vender el alma al diablo con tal de salvar su fábrica.

Prácticamente solo hablaron los hombres; mi madre y la señora Colombo se limitaron a elogiarse por tonterías como el color de las cortinas, el brillo de la plata o el elaborado encaje de macramé de la mantelería, que era del ajuar.

Carla retiró mi plato; sobre las piernas yo tenía un hatillo húmedo y caliente que goteaba.

Mientras mi madre decía: «¿Le apetece un poco de marrasquino, señor Colombo? Y para usted, señora, ¿un pastelito?», yo buscaba una excusa para levantarme de la mesa. Al desplazar la silla hacia atrás —«Discúlpenme. Voy al servicio»—, la servilleta cayó al suelo con un golpe seco y viscoso. Carla, que estaba pasando con el vino, la pisó y perdió momentáneamente el equilibrio, la botella le resbaló de la mano y se derramó sobre la mesa volcando los vasos y los platos de la vajilla buena y tiñéndolo todo de rojo. El señor Colombo se puso de pie, con las piernas y el torso empapados de vino, y soltó una palabrota, de esas que si se escapan hay que rezar diez avemarías y santiguarse un par de veces. Mi madre no le dijo nada, tampoco mi padre. Me miraban a mí. Me miraban como si fuera una cola de lagartija cortada que más valdría tirar al río.

El domingo fingí que estaba enferma.

Me desperté temprano, antes de que Carla entrara a decirme: «Despierta, holgazana», y me froté la frente hasta que se calentó; luego me pasé por la cara un trapo empapado de agua caliente. Quemaba hasta doler.

Fui a la habitación de mi madre en camisón. La encontré sentada delante del espejo comprobando la temperatura de las tenacillas con un dedo mojado con saliva. Sobre la mesilla de noche, abierta por la mitad, tenía *Mani di fata*, la revista de bordado y confección que recibía todos los meses para mantenerse informada sobre lo último en labores femeninas. La utilizaba para colocar los bigudíes en el centro y que no rodaran.

—Ponte las zapatillas. Ir descalzo es de pordiosero.

—No me encuentro bien —dije frotándome los brazos como si tuviera frío.

Mi madre observó mi reflejo en el espejo, apartó las tenacillas, me sujetó la barbilla y apoyó los labios en mi frente.

—Estás ardiendo —dijo—, ¡y sudando! ¿Ves lo que pasa por jugar en el barro? Ya lo sabía yo...

—Perdona.

—Vuelve a la cama. Sin rechistar. Le diré a Carla que te lleve un reconstituyente —dijo enrollando un mechón alrededor de la tenacilla.

Mi padre estaba en el baño, con el cuello y el mentón blancos por el jabón de afeitar.

—¿Todavía no estás lista? —preguntó cuando pasé por delante de vuelta a mi habitación.

—Tengo fiebre.

Titubeó, la espuma goteaba en gruesos grumos sobre la encimera del lavabo.

—¿Lo sabe tu madre?

Asentí.

—Bien. —Golpeó la maquinilla contra el borde de la pila y se la pasó por el cuello—. Muy bien.

Carla había plegado el catre que usaba para dormir por las noches y estaba guardándolo detrás del sofá.

—¿Quieres que te lleve algo de comer?

Negué con la cabeza, le di las gracias y fingí un golpe de tos antes de volver a mi habitación.

Me quedé tumbada en la cama respirando con una mano sobre el corazón y escuchando los rumores familiares del domingo por la mañana: el de las tazas en la cocina y las zapatillas deslizándose por el pasillo, al que seguía el de los tacones bajos de mi madre. «Vamos a llegar tarde», decía mi padre. «No encuentro el bolso —decía mi madre— ni el sombrero. ¿Dónde lo habré metido? No, ese no, el del velo de color turquesa».

No se pasaron a ver cómo estaba.

En cuanto los oí salir, me levanté. Entonces me quité el camisón y me puse un vestido viejo, de esos que guardaba en el fondo del armario, a la espera de que mi madre los arreglase. El espejo me devolvía una imagen de mí a la que todavía no me había acostumbrado, llena de relieves insólitos y de curvas suaves a la altura de las caderas y de los muslos. En el brazo y la pantorrilla me habían salido unos moratones de los que estaba muy orgullosa. Me puse el vestido; la tela se tensaba en el pecho y en las axilas. Crucé el pasillo con los zapatos en la mano.

Carla estaba arreglando la cocina y cantaba desentonada «Nell'amor si fa sempre cosí. Dammi un bacio e ti dico di sí». Había encendido la radio. Mi padre solo la usaba para escuchar los discursos de los mandamases de Roma, pero cuando Carla estaba sola en casa la radio difundía música.

Llegué a la puerta mareada por haber contenido la respiración tanto rato. Bajé la manilla y una voz a mis espaldas dijo:

—Qué rápido se te ha pasado el resfriado. ¿San Alejandro ha obrado un milagro?

Carla estaba en jarras, con las manos cerradas. Me observó largo rato y se echó a reír.

—¿Cómo se llama? —Traté de balbucir algo, pero me di cuenta de que no sabía cómo se llamaba la Malnacida—. No será uno de esos que mete mano, ¿verdad? No eres más que una cría.

Entonces caí en la cuenta de que Carla se refería al asunto de los chicos y las chicas del que me hablaba mi madre para recordarme que era «solo una niña» y que no debía pensar en esas cosas porque era pecado. Carla, en cambio, debía de considerarlo algo natural de lo que no había que avergonzarse, pero yo no era más que una niña.

—Noè —dije sin pensarlo dos veces—, Noè Tresoldi.

Carla alzó los ojos al cielo.

—Vuelve a casa antes de que acabe la misa o me meterás en un lío —dijo en dialecto.

Atravesé toda la via Vittorio Emanuele corriendo, sin prestar atención a la gente bien vestida y bien peinada que subía hacia piazza Duomo. Estaba segura de que no iba a cruzarme con mis padres. Sin mí, que los obligaba a ir más despacio, sin duda ya estarían en la iglesia y mi madre se habría sentado en uno de los mejores asientos. Solo aflojé la marcha cuando llegué al puente, con las mejillas y las pantorrillas ardiendo.

Me asomé por la barandilla, pero ella no estaba. Vi a Matteo Fossati solo, inclinado hacia delante, descalzo sobre los guijarros y sin camisa. Hundía las manos en el Lambro y sacaba los puños vacíos, maldiciendo. Me acerqué al punto en que el margen se había derrumbado y lo llamé. Él me observó como si fuera un sabor desagradable que repite.

—No hace falta que bajes. Hoy no vendrá.

—¿Por qué?

—¿Y a ti qué te importa?

—¿Ha dicho adónde iba?

—Cuando dice que no vendrá, no viene y punto.

¿Qué podía hacer yo? No quería volver a casa. Todavía me sentía excitada por la carrera y la mentira de la fiebre.

Las campanas tocaron las once. Con la mirada fija en el suelo, crucé el puente para mirar al otro lado; pensé que quizá estaban gastándome una broma o jugando al escondite.

Fue entonces cuando oí un chirrido y un grito. Me sobresalté y me paré en medio de la calzada: el morro de un coche negro rechinó los dientes a un palmo de mí. Vi el susto en mi cara reflejado en sus faros brillantes. Una mujer con un pañuelo al cuello se asomó por la ventanilla del pasajero y gritó:

—¿Quieres que te atropellen?

—Pero ¿no es la hija de los Strada? —preguntó el conductor, que dejó de tocar la bocina y sacó la cabeza por la ventanilla. El señor Colombo esbozó una sonrisa afectada.

—¿Tu padre te deja ir por ahí como una vagabunda?

—Teniendo en cuenta cómo le han enseñado a guardar las sobras, no me extrañaría —dijo la señora Colombo, que me escrutó con tal severidad que me dio miedo. Solía mirar a mi madre por encima del hombro y quizá se alegraba de haberme visto sola en la calle, vestida como una pordiosera, únicamente a fin de darle un disgusto y que se avergonzara.

Me aparté para dejarlos pasar, con la cara enrojecida y nerviosa al pensar que bastaría una palabra suya susurrada deprisa durante la misa para que me descubrieran. En el asiento trasero, reconocí a Filippo con el uniforme de Balilla, el gorro negro con la borla, del que parecía sentir vergüenza. A su lado iba Tiziano, el hermano mayor, también rubio, con el pelo tan pegajoso de brillantina que parecía un casco, la camisa negra abrochada hasta el cuello, la piel clarísima. El coche reanudó la marcha y subió hacia la catedral, apenas a tiempo para la misa; Tiziano me saludó con un gesto, mientras que Filippo trataba de desaparecer y escondía la cara entre las manos. Cuando estábamos con la Malnacida no contaba de quién fueras hijo, las cosas que te habían enseñado a odiar y en las que querían obligarte a creer; no contaba que el padre de Matteo fuera uno de los que llamaban «rojos» y que el de Filippo luciera la insignia del Partido Nacional Fascista y jamás se olvidara de hacer el saludo ante el retrato de Mussolini. Pero cuando ella no estaba esos dos mundos volvían a ser irreconciliables.

Quizá estaba enferma de verdad; de haber sabido dónde vivía, habría ido a verla, a asegurarme de que los cortes de los brazos no se habían infectado y estaban matándola. Mi madre aseguraba que debajo de las uñas de los gatos se acumulaban enfermedades y si te arañaban te envenenaban la sangre.

Me senté en la acera y mantuve ese miedo entre los puños apretados contra el vientre.

—¿Qué haces ahí? —Noè me miraba sentado en el sillín de su bicicleta, con las cajas de fruta en el portaequipajes y un tirante suelto balanceándose sobre una pierna—. ¿Y bien?

—Nada.

—¿Nada?

Me encogí de hombros.

—Vale. —Bajó un pedal y se enderezó.

Me levanté.

—Espera.

Puso de nuevo el pie en el suelo manteniendo la bicicleta en equilibrio.

—No sé dónde buscarla —dije con cautela.

—¿No sabes que todo el mundo dice que es mejor mantenerse alejado de ella?

—Sí, lo sé.

—¿Y te da igual?

—Me da igual.

Se echó a reír.

—Yo sé dónde vive.

—¿De verdad?

—A veces voy a hacer entregas a su edificio. Vive en via Marsala, cerca de la Singer. Antes de la rehabilitación estaban en el cuarto piso de una casa de Sant'Andrea, pero la derribaron. —Dio una palmada en la barra de la bicicleta—. Si quieres, te llevo.

—¿Ahora?

—Ahora.

Eso nunca lo había hecho: montarme en la bicicleta de un chico, en equilibrio sobre la barra, como una novia.

—De acuerdo —dije, y él me ayudó a subir.

Me sujeté al manillar con ambas manos. Noè se puso a pedalear con los codos y las rodillas abiertos para dejarme sitio.

—Agárrate.

No había desayunado, pero tenía el estómago cerrado y pesado y una pegajosa sensación de sudor en la nuca y las axilas; la barra de la bicicleta se me clavaba en los muslos.

Noè subió sin esfuerzo hasta la catedral, dobló en via Italia, de pie sobre los pedales, esquivando a la gente que paseaba. Cuando a la altura de la estación volvió a sentarse en el sillín, sus piernas me rozaban los costados. Nunca había estado en los barrios de detrás de la estación, donde empezaba la periferia, pero sobre todo nunca había estado tan cerca de nadie y no sabía qué decir. Por suerte, él permanecía callado, pendiente del tráfico. Notaba sus clavículas en la nuca y mi pelo le rozaba la barbilla. Tenía las mejillas ásperas, pero solo un poco, y un cigarrillo liado a mano detrás de la oreja.

—Hemos llegado —dijo, pero yo había dejado de prestar atención al trayecto. Estudiaba sus tendones en tensión bajo la piel de los brazos y aspiraba su olor a trabajo y a tabaco.

Aparté la mirada y miré alrededor: los edificios de via Marsala eran grandes y rectos, con balcones largos y ventanas cuadradas, idénticas, como las del costado de un barco.

En el lado opuesto estaba la fábrica Singer, inaugurada hacía menos de dos meses, imponente y silenciosa, con las verjas cerradas y los carteles publicitarios de las máquinas de coser.

—Este es el portal. —Noè me hizo bajar—. Vive en el sexto piso.

—¿No me acompañas?

Sonrió mostrando unos dientes preciosos.

—Tengo que hacer varias entregas. —Señaló con el pulgar las cajas de fruta del portaequipajes.

En la tienda, en presencia de su padre, nunca lo había visto sonreír.

—¿Sabes volver a casa?

—Sí —dije, porque no quería quedar como una niña.

Tomó impulso y salió pedaleando; no pude darle las gracias.

Era la primera vez que estaba sola tan lejos de casa y en esa parte de la ciudad que, vieja y llena de sombras, con las calles vacías y los edificios altísimos, me agobiaba. De las ventanas abiertas a causa del calor llegaban el vocerío de la gente y los olores de las cocinas.

En la entrada del edificio no había portería, el portal estaba abierto. Miré alrededor en busca de alguien a quien pedir permiso, pero no vi a nadie.

Subí a pie los seis pisos, deteniéndome a tomar aliento en los rellanos atestados de bicicletas. El hedor de los baños al fondo de los pasillos se extendía hasta la escalera.

Reconocí el piso de la Malnacida por la bicicleta oxidada con el manillar torcido apoyada en la barandilla del rellano. En la puerta, una placa de latón rezaba: MERLINI.

Permanecí un buen rato con la mano levantada, contando las respiraciones y diciéndome que cuando llegara a diez llamaría, pero perdí la cuenta varias veces.

Al otro lado de la puerta, alguien soltó una carcajada.

Me armé de valor y llamé. Primero despacio, luego más fuerte. Las risas dejaron de oírse y alguien dijo: «Ve a abrir, Maddalena».

Contuve la respiración; los pasos se acercaban al recibidor y estuve a punto de salir huyendo. Tuve miedo de haberme equivocado de casa y de encontrarme cara a cara con una desconocida. O peor aún, que fuera el piso correcto pero que ella me echara.

La puerta se abrió y apareció la Malnacida, la cara limpia, descalza, con un vestido fino y cintas de color marfil y retales de encaje en una mano.

—¿Qué haces aquí?

—Así que te llamas Maddalena —balbucí—. Es un nombre bonito.

Contrajo las facciones en una mueca.

—¿Para qué has venido?

—No fuiste al Lambro y creí que estabas enferma.

—Yo no me pongo enferma —replicó tajante—. No deberías haber venido.

—¿Quién es, Maddalena? —preguntó una voz masculina dentro de la casa.

Retrocedí, hice ademán de marcharme.

—De acuerdo, ya que has venido, entra, ¿no? —dijo soltando un bufido.

La seguí por un pasillo estrecho de paredes desnudas que acababa en una habitación inundada de luz. Había una cocina económica esmaltada con la cubierta de hierro forjado y un compartimiento para el fuego. Colgada de la pared, cerca del crucifijo y de la Virgen, una chapa de hojalata con una pizarra rezaba: ¿QUÉ FALTA HOY? Alguien había escrito debajo con tiza: TODO. Y a renglón seguido, con una letra diferente: PERO SOBRE TODO LECHE. En las esquinas del aparador, entre la madera y el cristal, había viejas fotos y una ramita seca de olivo.

Un chico vestido de novia estaba de pie sobre la mesa que ocupaba el centro de la cocina. El pantalón de trabajo y los calcetines negros asomaban por debajo de la falda de encaje, que le llegaba a media pantorrilla, y la cabeza rozaba una bombilla desnuda.

—Hola. —Me sonrió levantando una mano.

En los extremos opuestos de la mesa, llena de retales de tela, acericos rebosantes de alfileres y metros de costurera desenrollados, dos chicas sentadas en sendos taburetes de paja estaban hilvanando el dobladillo de la falda. Una de ellas tenía los labios pintados, el pelo oscuro y corto con caracolillos en las mejillas y los mismos ojos negros que Maddalena.

—Estate quieto o tendré que volver a empezar —dijo.

La otra chica, con una espléndida mata de pelo suelta sobre los hombros, el pecho generoso y gafas, tenía un corte de tela apoyado sobre las rodillas y un metro al cuello.

—Por suerte no tenemos prisa —dijo mientras daba una puntada; luego se enrolló el hilo blanco alrededor del pulgar y lo cortó con los dientes.

—Pero solo podemos dedicarle los domingos —replicó la que llevaba carmín.

Reconocí al chico vestido de novia: era el hermano mayor de la Malnacida, Ernesto, el que la acompañaba al parque para que se encaramara a los árboles, que desde hacía un mes trabajaba en la Singer. Tenía los brazos fibrosos, rasgos suaves, el pelo oscuro y desgreñado y unas pestañas larguísimas que le hacían sombra en las mejillas.

A las otras dos, en cambio, nunca las había visto. Más tarde me enteré de que trabajaban por horas para la señora Mauri, que era modista y tenía una tienda en el centro. La de los labios pintados se llamaba Donatella y era la hermana mayor de la Malnacida. La otra era Luigia Fossati, la hermana mayor de Matteo, que en marzo se había comprometido con Ernesto; la pareja se casaría ese mismo invierno. Hacía meses que se acostaba a las tantas: forraba sombreros, cosía botones y arreglaba chaquetas de vestir que los demás lucirían en sus viajes, con tal de ahorrar lo necesario para dos billetes de tren y una habitación en uno de esos grandes hoteles de Nervi. La querían con balcón, para pasar la semana posterior a la boda mirando el mar y tomando café al sol como los señorones. Solo disponía de los domingos para hacerse el vestido de novia y Donatella le echaba una mano. Ernesto hacía de maniquí porque tenía la misma estatura que Luigia y las caderas anchas como una mujer. O quizá simplemente porque era divertido.

Maddalena me presentó. No sé cómo se había enterado de mi nombre. Nunca se lo había dicho. Dijo que era una amiga suya y me sentí orgullosa de que me considerara como tal. La verdad es que yo jamás había tenido una amiga.

Incliné un poco la cabeza.

—Mucho gusto.

Ernesto se disculpó por estar así y las chicas se echaron a reír. Donatella dijo que Maddalena nunca invitaba a nadie a casa, que quizá se avergonzaba de ellos. Ella se cruzó de brazos y se ensombreció.

—Con estas pintas, no le faltaría razón —dijo Ernesto riendo. Su risa sonaba como las campanas de fiesta.

—Deja de reír, que el dobladillo me va a salir torcido —replicó Donatella, con la aguja entre el pulgar y el índice, antes de chupar la hebra para meterla por el ojo.

Luigia miraba a Ernesto con los ojos brillantes y también se reía; una risa con la boca abierta.

—Creía que traía mala suerte que el novio viera el vestido antes de la boda —dije.

—Da igual, a estas alturas se casará conmigo de todas maneras. Demasiado tarde para cambiar de idea.

—Me ponen una falda para que no pueda huir.

Me ofrecieron un dulce en una pequeña bandeja de cartón dorado que había sobre el aparador.

Dije que antes tenía que ir al servicio. Maddalena me acompañó y esperó fuera.

Olía tan mal que entré tapándome la nariz. No había taza, solo un agujero en el suelo con dos peldaños a los lados para apoyar los pies. Tampoco había cadena, sino una escoba vieja con el escobillón gastado. Colgados de un gancho, retales de periódico. Cerré la puerta, pero no había pestillo ni cerradura. En el interior alguien había escrito: AUNQUE NO SEA EN EL CENTRO, SE RUEGA HACERLO DENTRO.

—Tu casa es bonita —dije al salir.

Maddalena esbozó una sonrisa amarga.

—¿Qué sabrás tú, señoritinga?

Me mostró el fregadero de la cocina para que me lavara las manos con la pastilla de jabón de Marsella que olía a colada.

Luigia y Donatella estaban ayudando a Ernesto a quitarse el vestido de novia por la cabeza, despacio para no deshacer el hilvanado. Lo apoyaron sobre el respaldo de una silla y Luigia lo acarició con las yemas de los dedos.

Nos dispusimos alrededor de la mesa a comer pasteles: el aroma a vainilla impregnaba la habitación.

—Deberíamos guardarlos para después de comer, pero huelen tan bien...

—Deja uno para mamá —dijo Donatella dándole un manotazo en el brazo a Ernesto, que estaba a punto de zamparse el tercero seguido.

Estaban celebrando que en la Singer, a pesar de que Ernesto trabajaba desde hacía poco allí, ganaba un buen sueldo, y aún lo ganaría mejor: iban a ascenderlo a jefe de sección. Ya había empezado a buscar pisos de alquiler y había dado con uno bueno en via Agnesi: cocina y un solo dormitorio, pero luminoso. Con su sueldo y lo que ganaba Luigia trabajando de modista podrían permitirse amueblarlo como es debido y, si ahorraban, quizá hasta comprar una heladera.

—Apresuraos a tener muchos hijos, que Mussolini os dará un dineral —dijo Donatella.

Luigia, con los labios manchados de azúcar glas, se ruborizó.

—Ni aunque nos diera un millón. Yo de ese no quiero nada —replicó Ernesto.

—Déjate de historias —bufó Donatella—. En tu vida verás tanto dinero junto. Una ayuda le viene bien a cualquiera. Así alquilas una casa bonita para Luigia, que se lo merece.

—Igual que ha comprado los dulces, alquilará la casa —puntualizó Maddalena—. Él no necesita la ayuda de nadie. —Puso cara de ofendida y dejó de comer.

Fue Ernesto quien puso paz. Descorrió las cortinas y abrió las ventanas para dejar entrar el calor y la música procedente de una radio de otro piso. De una en una, nos sacó a bailar en el balcón las arias de Beniamino Gigli y las canciones de De Sica. Yo estaba más tiesa que una escoba, mientras que Maddalena se movía con soltura y se sabía todos los pasos. La risa de Ernesto y su obstinado buen humor habían hecho que se le pasara el enfado.

Cuando llegó el turno de Luigia, Ernesto la apretó contra él y se balancearon con las frentes unidas, los ojos cerrados y los dedos enlazados.

Entonces sentí envidia de aquella casa. Era pequeña, con las paredes desnudas, pero se podía bailar.

Al sonar las primeras notas de *Parlami d'amore, Mariú*, alguien subió el volumen.

—Esta me encanta —dijo Maddalena. Me cogió de la mano—. Así no. Déjate llevar.

No podía. Tenía las piernas como las de una muñeca sin articulaciones y no sabía dónde poner los brazos. Me ciñó la cintura, hizo que me quitara los zapatos y que pusiera los pies sobre los suyos; aunque era más baja que yo, tenía que curvarme para mantener el equilibrio. Estaba tan cerca que no podía respirar. Respiraba su aroma a jabón. El corazón me latía muy fuerte. Su palma húmeda en el fondo de la espalda me hacía temblar.

—«Dimmi che illusione non è, dimmi che sei tutta per me...» —cantó riendo.

Ya me había perdonado que me hubiera presentado en su casa sin pedirle permiso.

La puerta se abrió y la corriente de aire cerró de golpe las ventanas. Detrás de los cristales la música se convirtió en un eco lejano. Donatella se quitó el carmín con una servilleta y Luigia se separó con suavidad de Ernesto y se arregló el pelo con los dedos. Yo me puse rápidamente los zapatos, ayudándome con los índices para calzarlos.

Entró una mujer que llevaba zuecos y un vestido de algodón negro.

—Las cebollas han vuelto a subir. Ochenta céntimos el kilo. Y las judías están a tres liras. Una locura. Dentro de poco solo los ricos podrán comprar en el mercado —dijo dejando las bolsas sobre la mesa—. Pero ¿todavía no habéis puesto la mesa? Estabais la mar de tranquilos comiendo dulces, ¿eh?

—Ahora la ponemos, mamá —dijo Ernesto.

—Ya lo haré yo. Vosotros colocad la compra en su sitio. Y ordenad todo esto, que parece una cueva de ladrones. —Primero lo señaló a él, luego a Luigia y al final las telas y los retales que atestaban la mesa—. Los enamorados lo revolucionan todo —soltó en dialecto.

La señora Merlini no me gustaba. Tenía el aspecto desvalido de un cordero el día de Pascua. Me miró; sus ojos, clarísimos y saltones, parecieron atravesarme. No se presentó ni me preguntó nada. Arrastraba con lentitud su cuerpo blando y amarillento, como tallado en una pastilla de jabón de Marsella.

Mi madre decía que a una señora se la reconoce por lo que lleva debajo de la falda. Ella llevaba medias de seda y se esmeraba en no hacerles carreras; la madre de Maddalena, en cambio, iba con las piernas desnudas.

—¿Quieres quedarte a comer? —preguntó Luigia mientras lavaba en el fregadero la verdura manchada de tierra.

Busqué el reloj, que encontré colgado cerca de la ventana. No me había dado cuenta de que faltaban veinte minutos para la una.

—Lo siento, pero ahora tengo que irme a casa. —Pensé en Carla; seguro que me esperaba mordiéndose las uñas—. Gracias por los dulces y por todo.

La madre de Maddalena extendió el hule, colocó encima los platos y los vasos y me miró de aquella manera que me atravesaba. Puso cuatro cubiertos, como si se olvidara de alguien. Fue Ernesto quien, sin decir nada, cogió otro plato y otro vaso del aparador; parecía acostumbrado a ese despiste.

Observé las fotos colocadas en un extremo del mueble: había estampas de santos e instantáneas de bodas y comuniones posando delante del fotógrafo, y el retrato de un niño de unos tres años, con gorro de marinero. Quizá el hermano que se había caído por la ventana.

—¿Habéis pagado a tiempo la cuenta pendiente del ultramarino? Hoy era el último día —preguntó Donatella mientras llenaba de agua la jarra y la colocaba en el centro de la mesa.

—Ha ido Ernesto después de misa de siete —dijo la Malnacida.

—¿Habéis ido o no? —repitió la madre pasando por delante de Maddalena como si no la viera—. No me gusta deber nada.

—He ido yo —confirmó Ernesto, y se acercó al fregadero para ayudar a Luigia a lavar la verdura.

La madre puso cuatro cucharas y cuatro servilletas en la mesa. Donatella, con disimulo, añadió las que faltaban.

—¿Por qué hace eso? —susurré acercándome a Maddalena.

—¿A qué te refieres?

—A que se comporta como si tú no estuvieras.

—Un día dijo que ya no era su hija y empezó a portarse así —respondió ella encogiéndose de hombros. Hablaba en voz alta, sin miedo a que su madre la oyera—. Antes gritaba y lloraba. Y se daba cabezazos contra la pared. Ahora está mejor.

Señalé la foto del aparador, la del niño con el gorro de marinero, y susurré de nuevo:

—¿Por él? ¿Porque se cayó por la ventana?

Los ojos de la Malnacida se volvieron hostiles.

—Qué sabrás tú.

—Perdona... —Traté de poner remedio, pero no me dejó acabar; me sujetó de la muñeca y tiró de mí por el pasillo, abrió la puerta y me empujó fuera.

—Me lo dijo mi madre, lo del accidente, yo no sabía...

—No fue un accidente —repuso glacial—, ni la vez que mi padre se quedó sin pierna en el taller y luego murió de infección. Aquello tampoco fue un accidente —prosiguió con la cara enrojecida—. La culpa fue mía. Yo hago que pasen las cosas malas. Eso también te lo ha contado, ¿no?

—Lo siento, Maddalena...

—No me llames así —dijo como si acabara de masticar una baya venenosa—. Tienen razón cuando te advierten de que te alejes de mí. Si estás conmigo, te pasan cosas malas.

Apreté los puños hasta clavarme las uñas en las palmas.

—A mí no me importa lo que digan los demás —solté de golpe. Luego le di la espalda para que no me viera llorar y me sequé la cara con un brazo mientras corría hacia la escalera.

—Francesca —llamó la Malnacida cuando ya había bajado dos tramos. Me detuve, agarrada a la barandilla. Ella miraba hacia abajo, el pelo como una cortina sobre la frente—. ¿Vendrás mañana?

Titubeé, me mordí el labio y dije:

—Creía que ya no éramos amigas.

—¿Y por qué no?

Me balanceé con los talones sobre el peldaño.

—¿Adónde?

—Al Lambro —respondió ella—. Te enseñaré a coger peces.

8

Los meses que siguieron pasaron deprisa durante el que fue el verano más feliz de mi vida.

Estaba aprendiendo a mentir, y gracias a la complicidad de Carla lograba escaparme al Lambro casi todos los días para estar con la Malnacida y el resto de la pandilla.

Teníamos los pies en remojo y las piernas desnudas manchadas de barro. Había aprendido a ponerme siempre el mismo vestido viejo y desteñido, que escondía en el fondo del armario al volver a casa. Luego, de noche, cuando todos dormían, lo lavaba y lo colgaba fuera de la ventana de mi habitación para que se secara. En casa me ponía siempre, aunque hiciera calor, camisas de manga larga para ocultar los raspones y me ablandaba las costras con agua y jabón para que se cayeran antes.

Aquellas precauciones eran, en realidad, superfluas. Mi padre estaba tan ocupado con la contrata que el señor Colombo le había prometido que no salía de la fábrica, y la casa estaba perdiendo el olor acre a su tabaco.

Siempre había sabido que su trabajo estaba por encima de mí; sus prensas y sus hormas, sus fieltros y sus hebillas valían mucho más que yo. Pero desde el accidente del vino, durante aquella comida en que quería quedar bien y que había acabado fatal, me angustiaban su nerviosismo y la manera en que había empezado a ignorarme. Temía que si aquel asunto no cuajaba por mi culpa, me odiaría para siempre.

Mi madre, por su parte, era feliz y yo no sabía por qué. Lo único que parecía interesarle era el vestido rojo que estaba confeccionándose con la máquina de coser. A menudo cantaba en su dialecto, tan musical, y no era raro que se olvidara de reñir a Carla porque los cubiertos no brillaban o porque había doblado mal los embozos de las sábanas. Estaba distraída. Por las tardes se ponía unas gotas de perfume de lavanda detrás de las orejas y salía a hacer recados urgentes. Volvía unas horas después con la bolsa de la compra vacía y el pelo revuelto, y se encerraba en su habitación hasta la hora de cenar.

Su indiferencia me incluía a mí, pero como me permitía tener mayor libertad no me importaba. Aprovechaba para ir al río a atrapar peces con los Malnacidos, a quemarme la piel hasta descamármela o a jugar a quién veía las formas más raras en las nubes.

Cuando no podía ir al Lambro, no me olvidaba de Maddalena. Siempre estaba pensando en ella.

A veces de un modo que me avergonzaba: Maddalena salvándome del último piso de una casa en llamas; Maddalena convertida en soldado sacándome en brazos del campo de batalla mientras las bombas caían a nuestro alrededor y todo se encharcaba de sangre; Maddalena mirándome hacer la rueda con falda y diciéndome que era guapa... Pero aquellas aventuras imaginarias las guardaba para mí.

Por una razón que todavía no lograba explicarme y ni siquiera me atrevía a preguntar, para Maddalena jugar a fingir era peligroso. Los juegos que se inventaba siempre tenían que ver con la tierra o con carreras que nos dejaban sin aliento: saltar, retarse, encaramarse y escapar, pero siendo siempre nosotros mismos, porque estaba prohibido fingir ser otros e inventarse historias. Yo, en cambio, habría dado cualquier cosa por vivir en el mundo de Sandokán, donde nadie hablaba de calcetines remendados ni de dinero, se hacían sacrificios por la patria o por cualquier otro ideal hecho de palabras altisonantes, las chicas siempre estaban «en peligro mortal» y si se debía morir era para inmolarse por alguien a quien salvabas en el último momento, y recibías un beso final antes de expirar sobre los labios del ser amado. Por eso a veces, sin decírselo a nadie, cuando corríamos por el cauce seco del Lambro o nos retábamos con palos, yo jugaba a ser otra. Miraba a escondidas a la Malnacida e imitaba su manera de mover los hombros durante la carrera, el tono con que decía: «No le tengo miedo a nada».

Con los Malnacidos no existía el aburrimiento. Merodeábamos descalzos por la ciudad, nos colábamos en los edificios y tocábamos los timbres, que en las casas viejas que seguían en pie a pesar del programa de rehabilitación que poco a poco estaba transformando el centro funcionaban girando una llave mecánica.

Si hacía mucho calor, nos bañábamos en la fuente de las ranas de piazza Roma, detrás del edificio de ladrillos rojos con pilares de piedra gris que antaño había sido el ayuntamiento y al que todos llamaban Arengario. Nos gustaba aquella fuente porque su pila de mármol era tan profunda que podíamos estar de pie y en su centro campaba la estatua de bronce de una chica que sujetaba una rana rodeada de renacuajos de los que brotaba un fino chorro. Cada uno de nosotros se colocaba debajo de un caño, abría la boca y se la llenaba de agua para jugar a quién la escupía más lejos. Si aparecían los carabineros, escapábamos entre risas.

Al parque íbamos en bicicleta, pero solo teníamos dos: la de la Malnacida, oxidada y con el manillar retorcido como un par de cuernos, y la de Filippo, flamante como las del Giro de Italia; con una pinza había sujetado una vieja postal en la horquilla, y cuando pedaleaba hacía el mismo ruido que una moto. Yo me sentaba de través en la bici de la Malnacida, con la barra clavándoseme en los muslos y su respiración en la nuca. Me sujetaba la falda con una mano para evitar que se enganchara en los radios y le decía: «Más rápido».

Con ella ni siquiera me daba miedo hacerme daño.

Ganábamos la carrera cada dos por tres y llegábamos las primeras a Villa Reale. Nos tumbábamos en el césped a pesar de que en el cartel se leía NO PISAR, comíamos pan negro con tocino y bebíamos agua de las fuentes.

Formando parte de aquel grupo que siempre había observado de lejos, tenía la impresión de que el mundo comenzaba entonces. De que mi vida empezaba de cero.

Nos gustaba lo que nos asustaba: los rincones oscuros del Lambro donde se escondían las ratas, el verdulero imprecando en la trastienda y el crujido irregular de sus pasos.

Al final, un día en que me quedé sola con Maddalena, aprendí a competir para arrancar colas de lagartija y contamos quién se había hecho más arañazos. Perseguimos a los bichos disputándoselos a los gatos, y luego nos tumbamos en el suelo, con los brazos extendidos sobre la piedra ardiente de sol, junto al lado del montón de colas cortadas que habíamos obtenido, y comparamos los cortes enrojecidos e hinchados, brillantes de gotitas de sangre. Maddalena se apretaba la piel y las obligaba a fluir.

—Qué asco —dije, pero luego la imité para demostrarle que no me impresionaba.

—A nosotras, las chicas, la sangre no debe asquearnos —replicó ella.

—¿Por qué? —No entendía nada de aquellas teorías sobre los chicos y las chicas.

A mí los chicos me daban miedo. Incluso Filippo y Matteo, a quienes había empezado a conocer un poco, y Noè, que desprendía aquel olor fuerte que me gustaba.

Mi madre me había enseñado a tenérselo. Decía que eran como animales y me daba por pensar en el perro del señor Tresoldi, viejo y de ladridos roncos, que se ahogaba con la cadena tratando de abalanzarse sobre quienquiera que le pasara por delante para morderle el cuello. «Los chicos se te comen viva, Francesca», me advertía mi madre.

En el mundo de Maddalena, en cambio, no había diferencia entre chicos y chicas, excepto cuando pronunciaba aquella frase: «A nosotras, las chicas, la sangre no debe asquearnos». Y si le preguntaba por qué, se encogía de hombros: «De mayores, sangramos, aunque no queramos».

Para no sentirme inferior, fingí que comprendía. Pero en realidad me preocupaba que de mayores sangráramos a la fuerza sin saber por dónde. Quizá fuera por los ojos, como las estatuas milagrosas de la Virgen, o por las orejas o la boca, como su hermano, que se había caído por la ventana y se había abierto la cabeza.

—He ganado yo —dijo Maddalena. La sangre le resbalaba por el hueco del codo y entre los dedos. Se la chupó de las yemas y de la palma como si fuera jugo de cerezas.

—La próxima vez ganaré yo —afirmé. Pero sabía que no era cierto. Era ella la que se divertía tirándole de la cola al gato ciego, el más malo, que te hincaba los dientes apenas lo rozabas. Ella le acariciaba la barriga y él se le agarraba con las cuatro patas y la arañaba y mordía mientras bufaba sin siquiera respirar. En cambio, yo me echaba atrás en cuanto un gato sacaba las uñas.

—La próxima vez —dijo Maddalena. Luego me agarró de la muñeca y avanzó a gatas, arrastrándose sobre la piedra, hasta que puso la cara sobre mis brazos y empezó a lamerme los cortes—. Así escuece menos.

Luego nos tumbamos de espaldas y miramos cómo cambiaba el cielo y cómo las sombras se extendían sobre la orilla.

Fue entonces cuando Maddalena me dijo que quizá no volvería a la escuela. Había suspendido el curso anterior debido a la nota en conducta.

Era su madre quien no quería que volviera. Le había dicho a Ernesto que a las chicas como ella más les valía encontrar trabajo lo antes posible para ayudar en casa y sentar la cabeza. Si hubiera sido por su madre, Maddalena habría cursado formación profesional y habría tenido que olvidarse del instituto. Pero Ernesto insistía en que estudiara. «Es la única manera para defenderte del mundo», decía. Por eso quería que Maddalena siguiera en el instituto, aunque fuera cosa de ricos.

Si lograba volver, iríamos a clase juntas. Y yo rezaba todas las noches para que el Señor me lo concediera. No podría soportar pasar todo el día sin ella.

—Dijo que me pagará los libros y lo que haga falta. Que tengo que estudiar cueste lo que cueste.

—Hay que ir a la escuela. Tienes que ir.

—Cuando no hay dinero, no hay obligación que valga. Pero Ernesto dijo que él se ocuparía de eso.

—¿Y tú que le respondiste?

—Que no volveré a sacar una mala nota en conducta. Se lo he prometido. —Le dio vueltas a una cola verde.

—¿Por qué te la pusieron?

Dudó.

—Le di una paliza a Giulia Brambilla. Le salió un moratón enorme y escupió un diente. Así que fue a quejarse al director. Bueno, primero fue al dispensario y luego a hablar con el director. Pero da igual. Lloraba y la creyeron a ella sin preguntarme.

—¿Por qué?

—Porque es una cobarde, por eso.

—Me refería a por qué le diste una paliza.

Me miró. Los ojos se le empequeñecieron.

—Decía a todo el mundo que lo empujé.

—¿A quién?

Se mordió la uña del pulgar, la escupió y siguió jugueteando con la cola de lagartija.

—A Dario. A mi hermano. El que se cayó.

Permanecí en silencio. Luego me giré de lado.

—¿Qué pasó en realidad?

—Se cayó.

—¿Nada más?

—Se cayó y punto.

—Entonces ¿por qué me dijiste que tú tuviste la culpa?

—Porque es así. Soy yo la que hago que pasen cosas malas.

—¿Lo dices porque te sientes culpable? ¿Te sientes culpable de que él haya muerto y tú no?

Dio un respingo y se giró de espaldas.

—Qué sabrás tú.

—Yo también tenía un hermano.

Se volvió de nuevo.

—¿Murió?

—Él no se cayó. Murió de poliomielitis. Ni siquiera había aprendido a hablar, solo hacía ruiditos. Antes de morir hizo muchos, como si quisiera expulsar lo que le atascaba los pulmones. Luego se calló. Le llevamos flores al cementerio y mi madre me hace poner velas.

La Malnacida se metió la cola de lagartija en el bolsillo.

—Entonces tú no tienes la culpa —dijo.

—No. —Me tumbé de nuevo de espaldas, cerré los ojos al sol y le dije algo que nunca había dicho a nadie; algo por lo cual, estaba segura, iría al infierno—. Cuando murió todos estaban tristes. Pero yo no. Tuve la impresión de volver a respirar cuando él dejó de hacerlo.

Maddalena no rechistó. A nuestro alrededor, el rumor del agua, los maullidos lejanos de los gatos. Luego pensé que no habría debido decírselo. Que me echaría de su lado, me diría que era un monstruo, un perro rabioso que había que moler a palos.

—Son cosas que pasan —soltó.

—¿Cuáles?

—Pensar en cosas que no pueden decirse. Cosas equivocadas. Cosas malas. No significa que tú también seas mala.

El peso asfixiante de aquel secreto que había guardado tanto tiempo me oprimía; me entraron ganas de vomitar.

—Él no tenía ninguna culpa. Vivía y ya está. Ni siquiera le dio tiempo a cometer un solo pecado. Y yo lo odiaba. —Cogí aire y me incorporé—. Eres la primera persona a quien se lo cuento. Si se enteraran, me verían con otros ojos. —La Malnacida se había sentado con el mentón apoyado en la rodilla y me observaba seria, con los ojos duros como piedras. Miré fijamente una burbuja de sangre que se le formaba en el corte del brazo y le dije—: Empezarían a verme como te ven a ti.

9

Septiembre llegó sin que nos diéramos cuenta. El domingo, día 8, se corría el Gran Premio en el circuito del Autódromo. Para la ciudad era un día de fiesta, y como todos los días de fiesta la bandera italiana ondeaba por todas partes: balcones, ventanas e incluso buhardillas. Colgarla no significaba necesariamente ser fascista, pero quien no lo hacía se convertía en un «antiitaliano», lo cual estaba peor visto que tener sarna. Pero aquel día la gente no había colgado la bandera por los fascistas, sino en honor a Tazio Nuvolari, que conducía el Alfa Romeo de la escudería Ferrari y era el único que podía derrotar a los alemanes y tomarse la revancha.

Habíamos ido a misa a primera hora porque mi madre quería disfrutar de todo el evento. La víspera ya había empezado a hablar de ello, cuando sacó de un cajón del aparador nuestra bandera, que apestaba a naftalina. La extendió sobre el sofá para que perdiera los pliegues del planchado y le diera el aire. Carla la colgó de la barandilla a la mañana siguiente, antes de ir a comprar la barra de hielo al vendedor ambulante que pasaba por nuestra calle. El rugido de los motores calentándose en el circuito del parque llegaba a nuestra casa y hacía que los cristales temblaran.

Con motivo de la concentración programada para el Gran Premio, una semana antes nos había llegado una notificación firmada por el jerarca fascista de nuestra ciudad: LAS AUTORIDADES

ASISTIRÁN CON ORGULLO A LOS DESFILES DE CELEBRACIÓN ORGA-
NIZADOS PARA EL EVENTO QUE ATRAERÁ A FESTIVOS GRUPOS DE
APASIONADOS.

También estaba previsto que desfiláramos nosotros, los niños:
los Balilla delante y las Piccole Italiane detrás, marchando por
piazza Duomo para llevar la bandera a cuadros blancos y negros,
que simboliza el final de la carrera, al arcipreste, que debía bendecirla.

Nos habían elegido a dos niñas para recitar en voz alta el *Decalogo della piccola italiana*, y yo estaba secretamente orgullosa porque
subiría al palco, construido para la ocasión, con aquellas «personas
importantes» de las que mi padre hablaba siempre. En el fondo me
daba igual que la falda me fuera demasiado estrecha o que el piqué
blanco de la blusa me diera calor y me picaran las axilas.

Mi madre me hizo subir a una silla del salón y me colocó el
uniforme: me metió la blusa bien tensa dentro de las bragas y me
alisó los pliegues de la falda negra. Luego me dio los guantes y
me advirtió de que no los perdiera.

—¿Tú no vienes? — le preguntó a mi padre que, sentado en su
butaca, fumaba en pipa con la mano ahuecada sobre el hornillo.

—Prefiero no ir. No soporto los coches. Hacen demasiado
ruido.

—La gente podría murmurar.

—Pues que murmure —soltó dirigiendo la mirada a las macetas de aspidistra del balcón.

—Como quieras —concluyó mi madre dándole la espalda—.
Vamos —añadió.

Me tendió la mano y yo salté de la silla con un fuerte chas-
quido de las suelas.

Mi padre nunca había sido un verdadero fascista, de esos que
se santiguaban ante el retrato del duce o los sábados coreaban *Eia*,

Eia, Alalà. Se había afiliado al partido por oportunismo, porque los negocios les iban mejor a los que la tenían el carnet, como todo el mundo sabía. Se habría apuntado a un grupo de gimnasia artística o de costura para señoras si eso hubiera aumentado las ventas de sus sombreros.

Aunque a veces, cuando leía el periódico o escuchaba la radio, se le escapaba un gruñido o una mala palabra, a aquellas alturas se había acostumbrado a considerar como libertad las estrechas fronteras que contenían las cosas que podían hacerse sin atraer la atención de manera indeseada, y a llamar «amigos» a quienes despreciaba en secreto. Pero, si podía, eludía las fiestas oficiales y los desfiles. Era mi madre la que se acicalaba y exaltaba con el clima solemne que se respiraba en la ciudad. Me enseñaba a poner bien los dedos y el codo para hacer el saludo y me decía: «Formamos parte de algo más grande que nosotros. Y tenemos el deber de no deslucirlo».

Aquel día se había empolvado la cara cantando *Casta Diva*. La víspera por la noche había colgado en el armario el vestido rojo que llevaba todo el verano cosiendo, cuyo tejido había acariciado despacio antes de acostarse; ahora lo lucía con orgullo mientras nos adentrábamos en la muchedumbre que se apresuraba en dirección al centro.

Parecía que la ciudad entera se hubiera echado a la calle. Con el escote de barco rematado con hilo de oro y las piernas enfundadas en medias de seda, mi madre atraía las miradas de todos los hombres.

Las calles del centro habían sido invadidas por carteles con la cara de Nuvolari y su Alfa Romeo: parecía un príncipe guerrero a lomos de su caballo; era como la ilustración de un cuento de hadas, pero con las líneas dibujadas de través para transmitir la idea de velocidad.

En la plaza se respiraba un aire de bochorno, de espera. Los hombres llevaban la chaqueta sobre el brazo y se abanicaban con el ala del panamá. Las mujeres formaban corrillos a la sombra de los tejados.

—He visto a la señora Mauri —dijo mi madre—. Tengo que hablarle de un sombrero que quiere arreglar. Pórtate bien y ve con tus amigas.

—Me mirarás cuando suba al palco, ¿no?

—Claro que sí. Ahora ve.

Me quedé mirando el vestido rojo mientras desaparecía entre la muchedumbre antes de ir a reunirme con los demás chicos de uniforme, ya formados en la plaza de la iglesia: un grupo de golondrinas bien amaestradas.

Alargando el cuello y poniéndome de puntillas, busqué a Maddalena. No le gustaban aquellas celebraciones porque había que levantarse temprano y ponerse el uniforme, que le quedaba estrecho, pero me había dicho que ese día iría porque a Ernesto le apasionaban los coches y seguía el Gran Premio desde la chicane más peligrosa del circuito. Él quería sentir el viento que los coches desplazaban al pasarle muy cerca, tan fuerte que le arrancaba el sombrero, ensordecer con el rugido de los motores y los gritos del público, y respirar el fuerte olor a gasolina y la excitación de la carrera. Confundidas entre aquellos uniformes blancos y negros, todas éramos iguales y no lograba divisarla.

Las campanas de la catedral dieron las nueve y las chicas mayores, jefas de división con el brazalete en la manga izquierda, nos hicieron marchar en fila por delante de la fachada. Teníamos que dar golpes de tacón contra el empedrado y gritar tres veces: «Eia, Eia, Alalà!».

Llegamos al fondo de la plaza, donde habían montado un palco con columnas de madera en forma de haz de lictores, engalanado con escarapelas de la bandera. La multitud se abrió como el mar Rojo en la Biblia y nosotros cantamos a voz en cuello *Giovinezza* marchando en fila de a dos. La chica más mayor iba a la cabeza y portaba la bandera de cuadros.

En el palco estaban los inspectores del Partido Nacional Fascista, que habían acudido ex profeso desde Milán, y los miembros del grupo ciudadano. Entre ellos se encontraba el arcipreste, con los paramentos litúrgicos de las solemnidades, rodeado por seis alabarderos con el uniforme azul y el sombrero de dos picos negro con el plumero, que a mí me parecía gracioso y a mi padre «pomposo». También estaba prevista la presencia del señor Colombo, pero su sitio se hallaba vacío.

Esperé angustiada el momento en que me tocaría subir al palco en compañía de otra chica peinada con las trenzas sujetas a la nuca cuyo nombre no recordaba. Cuando un inspector del Partido Nacional Fascista dijo «se lanzará el ataque decisivo del automovilismo italiano contra las posiciones conquistadas por los coches de carreras germánicos. Y el autódromo de Monza será el campo de batalla de esta esperada contienda», la gente aplaudió.

Llegó nuestro turno, pero la multitud ya se había dispersado porque a las once empezaban las pruebas, y de la plaza al Autódromo había más de media hora a pie.

Subí al palco con la boca seca. A una señal de la jefa de escuadra me coloqué delante del micrófono y recité lo que había aprendido de memoria: «Reza y trabaja por la paz, pero prepara tu corazón para la guerra —dije, con las manos cruzadas detrás de la espalda buscando a mi madre entre la multitud—. A la patria también se la sirve barriendo la propia casa. —Acabé con voz segura y fuerte—: La mujer es la primera responsable del destino de un pueblo».

Los aplausos fueron desganados, la mínima deferencia que se muestra en las representaciones escolares. Y tras la bendición de la bandera de cuadros, la muchedumbre se dispersó.

De mi madre y su vestido rojo no había ni rastro. Pero ya me daba igual. Buscaba a Maddalena.

La encontré por fin bajo el porticado del Arengario. Estaba con Ernesto y Luigia, tenía el uniforme arrugado, la blusa fuera de la falda y una mancha de helado en el cuello. Había mordisqueado el cucurucho por la punta, y ahora chupaba el helado, que goteaba.

Luigia estaba bebiendo un refresco de cidra, las manos contra el vidrio como si quisiera absorber su frescor. Llevaba una falda a media pierna y una camisa de corte masculino metida por dentro, el pelo sujeto por una cinta que dejaba al descubierto las orejas, pequeñas y redondeadas. A su lado, Ernesto le susurraba algo que la hacía reír con ganas.

Maddalena me vio y me saludó con la mano.

—No estabas en el desfile —le dije cuando llegué a su lado—. Y tampoco en la ceremonia.

Se encogió de hombros.

—No me apetecía. Estaba con Ernesto, que me ha comprado un helado. Pero te he visto, ¿sabes?

—¿De verdad?

—Sí, lo has hecho muy bien. Te lo sabías todo de memoria.

—Gracias —le dije, y me ruboricé al pensar en cómo me había lucido en el palco de piazza Duomo, rodeada de aquellas personas importantes, hablando frente al micrófono como los hombres de los balcones de Roma.

—Pero ¿tú te lo crees de verdad? —me preguntó seria.

—¿A qué te refieres?

—A lo que has dicho en el palco. A esas cosas de la patria y las mujeres.

Me mordí el labio y dudé.

—No lo sé. Nunca lo he pensado.

—Es peligroso.

—¿Qué es peligroso?

—Las palabras —respondió—. Las palabras son peligrosas si las dices sin pensar.

—No son más que palabras. —Traté de restarle importancia porque su cara empezaba a asustarme y no quería discutir.

—Nunca lo son —repuso mirándome fijamente.

—¿Quieres venir con nosotros? —preguntó Ernesto.

—Hemos traído la comida. —Luigia me mostró una cesta de paja que le colgaba del brazo.

—Nunca he visto la carrera de cerca —dije—. Mi padre opina que los coches hacen demasiado ruido.

—¿De verdad? Pero ¡si eso es precisamente lo bueno! —replicó Ernesto—. A esto hay que ponerle remedio.

A esas alturas había aprendido a mentir. Me inventaría una excusa que contarle a mi madre. Si no había tenido tiempo para ir a verme hablar, en el fondo yo no le importaba.

De camino al parque, Ernesto habló de las variaciones que habían aplicado al circuito y de la velocidad que podían alcanzar los coches en la recta de las tribunas y en las curvas durante la carrera. También nos contó que en 1933 dos pilotos, Campari y Borzacchini, habían muerto en un accidente al salirse de la pista. Uno en el acto, por hundimiento de tórax, y el otro unas horas más tarde en el hospital. ¿Era eso lo que hacía que la gente presenciara las carreras de coches? ¿La posibilidad de asistir a una muerte espectacular como la de los gladiadores ante los romanos?

Ernesto tenía los ojos brillantes y tiraba de la mano de Luigia mientras le suplicaba que se apresurara porque no quería perderse nada, ni siquiera las vueltas de prueba. Parecía un niño ante un puesto de golosinas. Ella reía, y yo pensé que para ser feliz bastaba con lo que ellos tenían: cogerse de la mano y compartir la alegría con el ser querido.

En el césped contiguo a la pista del Autódromo había una hilera de vehículos aparcados cubiertos por unas gruesas lonas blancas que los protegían del sol abrasador; la gente se aglomeraba en la red de protección que delimitaba el aparcamiento y en las tribunas. Olía a hierba pisoteada, a chaquetas sudadas y a comida casera.

Nos abrimos paso en la explanada seca zigzagueando entre las mantas extendidas por familias y grupos de seguidores que se agolpaban cerca de las balas de paja que delimitaban el trayecto.

Cuando pasamos delante de las cámaras del noticiario nos pusimos a saltar para llamar la atención. Quizá la próxima vez que fuera al cine podría señalar la pantalla y decir: «Esa soy yo. Yo también estaba allí».

Luigia se protegía del sol con una revista abierta, Ernesto le indicaba por dónde pasar para que los tacones no se le hundieran en el terreno y nos abría camino diciendo «Con permiso» en busca del mejor sitio para presenciar la salida de la carrera.

Los monoplazas desfilaron por la pista escoltados por los mecánicos en mono blanco. Eran largos como torpedos, brillantes, parecían juguetes de hojalata. Nuvolari con su Alfa rojo era el número 20. Todos habíamos puesto las esperanzas en él para ganar a los alemanes.

La carrera estuvo precedida por sesiones de pruebas que debían establecer la posición de salida de los coches. Hacía calor y Maddalena y yo nos moríamos de hambre, pero Ernesto quería esperar a que empezara para comer, porque esa era la tradición. Pronto la excitación se convirtió en aburrimiento y nos quedamos tumbadas en el césped contando los círculos naranjas que se formaban tras los párpados cerrados mientras Luigia, a escondidas, nos daba bocadillos de tocino envueltos en papel grasiento.

Fue Ernesto quien nos sacó del sopor.

—Es la hora —dijo.

El rugido de los motores iba en aumento y la gente señalaba la pista: la carrera estaba a punto de empezar.

Tras el rito de izar la bandera en la torre que reproducía el haz de lictores, homenajeado con el saludo romano, las autoridades pasaron revista a los coches que ocupaban la parrilla de salida. Los carabineros con bicornio vigilaban al público. El ambiente estaba cargado de electricidad. El estruendo de los motores daba dolor de cabeza, vibraba hasta dentro de la nariz. Maddalena y yo nos tapamos las orejas, riendo. Los monoplazas arrancaron y la gente se puso a gritar, pero los coches desparecieron en un abrir y cerrar de ojos. Los pilotos conducían a toda velocidad, como si no les importara morir.

No entendía dónde estaba la diversión: el ruido de los motores aumentaba y disminuía sin parar, los coches parecían moscas y desde nuestra posición la carrera no se entendía.

—Pasan volando —decía Ernesto; luego le prometió a Luigia que con el sueldo del ascenso ahorraría lo suficiente para comprar un Fiat Spider descapotable e irían a la costa, tal vez a Génova a San Remo.

—¿Hay sitio para nosotros? —dijo una voz familiar. Donatella llevaba un vestido que le ceñía la cintura y le resaltaba el pecho, los labios pintados de un cálido tono coral y pendientes de perlas; iba del brazo del hijo mayor de los Colombo.

Él hizo una leve inclinación de cabeza. Vestía de uniforme: pantalón bombacho, camisa negra, polainas blancas y un pañuelo anudado al cuello con el haz de lictores y la letra M entrelazados y la palabra VENCER. Tenía la cara tersa y clara, las mejillas lisas y húmedas, quizá de agua de colonia, y una doble capa de brillantina en el pelo.

—Disculpad la molestia —dijo—. Donatella ha insistido en saludaros.

—No pasa nada —replicó Luigia—. Cabemos todos —dijo acercándose a Ernesto para que Donatella y el chico pudieran sentarse. Él se presentó pronunciando su nombre con claridad: Tiziano Colombo, y dirigió un «Mucho gusto» a todos los presentes.

Luego posó los ojos en mí, un rato largo, como si me estudiara, hasta tal punto que me sentí incómoda y crucé los brazos para cubrirme el pecho en el punto donde la blusa me tiraba.

—La hija del señor Strada —dijo finalmente, sonriendo—. Mi padre me ha hablado de ti, ¿sabes? —Lustró la insignia de oro con el pulgar y prosiguió—: Decía que eras una niña, pero a mí me parece que eres una señorita bien guapa.

No pude responder. Sentía como si tuviera la boca llena de algodón.

Hablaron del calor y los coches, de los mosquitos, que no dejaban dormir por las noches, de que los alemanes, como pilotos, eran un desastre; luego Luigia sacó los bocadillos de queso y salami y los refrescos de cidra.

Al poco rato, los hombres se pusieron a hablar de la guerra.

—Al final, ya lo verás, no ocurrirá nada —dijo Ernesto—. Hace casi un año del acuerdo, ¿no? El asunto de los pozos de Walwal ha sido olvidado.

Unos meses atrás había oído a mi padre mencionar de pasada aquel nombre que parecía un grito, pero lo había olvidado. Tenía que ver con un enfrentamiento entre italianos y etíopes por el control de un territorio lleno de pozos de agua. Era lo único que yo sabía.

—Una ofensa que no puede quedar impune por mucho tiempo. ¿Dónde iría a parar el orgullo de los italianos? —replicó Tiziano.

—Espero que se quede en Italia —respondió Ernesto riendo—. Bastantes problemas tenemos ya para ir a buscárnoslos a la arena africana.

—Si estalla la guerra, ¿te alistarías, Merlini? —lo desafió Tiziano.

—No habrá ninguna guerra —intervino Luigia, tensa, cogiendo a Ernesto de la mano.

Había cumplido veinte años y podían llamarlo a filas, pero trataba de posponer la partida con la excusa de la boda.

—Si pudiera iría sin pensarlo dos veces —prosiguió Tiziano con los ojos brillantes. Nos llegó una tufarada de su agua de colonia.

—Da igual. No podrías ir aunque quisieras —repuso Donatella tirándole de un brazo—. Y ahora basta de hablar de cosas que nos amarguen el domingo. Si seguimos así, empezaré a preocuparme.

Tiziano sonrió.

—Perdonen, señoritas. No era nuestra intención provocarles inquietud. Estos bocadillos están riquísimos, se lo agradezco —añadió con un gesto de cabeza dirigido a Luigia.

—¿Por qué no puedes? —intervino la Malnacida de repente. Me di la vuelta para mirarla, al igual que los demás. Tenía el gesto severo de cuando las cosas se torcían—. Si tienes tantas ganas de ir a la guerra, ¿por qué no vas?

—Vamos, Maddalena, basta ya. Nadie ha declarado la guerra. —Donatella extendió el brazo para coger un refresco de cidra.

—El deber llama, pero el corazón no lo secunda —dijo Tiziano con resignación.

—¿Eso qué significa? —insistió Maddalena.

—Insuficiencia cardiaca —contestó Tiziano escupiendo deprisa las palabras, como si se avergonzara—. Mi corazón nació cansado. Los médicos advierten un soplo fuerte entre los latidos —prosiguió con expresión triste, casi desesperada—. Aunque quisiera ofrecerme como voluntario, no me aceptarían. No apto. Esa es la verdad.

—Quita, quita, menuda suerte. Tienes una buena excusa para quedarte a salvo en tu casa —dijo Donatella dando un mordisco al bocadillo—. ¿Por qué a los hombres os gusta tanto jugar a la guerra?

—Por la patria —respondió él sin dudarlo.

—«La patria la dà né pan, né vin, né luganeghin» —se burló Donatella. Se volvía más basta cuando hablaba en dialecto, a pesar de llevar los labios pintados como las señoras. Quería decir que cuando los hombres hablan de patria se llenan la boca, pero solo de aire; la patria no da de comer.

—Abisinia tiene tanta riqueza que podría alimentar a Italia durante un siglo —replicó Tiziano, casi ofendido por aquella sabiduría popular que mancillaba sus discursos altisonantes.

Donatella puso los ojos en blanco, aburrida; Luigia, nerviosa, miraba fijamente a Ernesto.

—¿Qué tiene de bueno la guerra para que te parezca tan bonita? —preguntó Maddalena.

—¡Basta ya! —soltó Luigia con voz desgarrada, pero tratando de mostrarse alegre—. Hoy es un día de fiesta y no hay que pensar en esa maldita guerra.

Se hizo el silencio. Nos llegó el calor del sol de mediodía, el rumor sordo de los insectos.

La Malnacida buscó mis ojos, pero cuando los encontró enseguida apartó los suyos.

—Vamos. No nos perdamos la llegada —dijo Ernesto poniéndose de pie.

Luigia lo siguió temblando, como si el conflicto acabara de estallar. Donatella también se levantó, tambaleándose sobre los tacones. Se pasó un dedo por los labios.

—Se me ha borrado el carmín.

—Te dije que no necesitas maquillaje para estar guapa —la consoló Tiziano—. Total, no se nota la diferencia. —Le puso una mano en la espalda y la empujó hacia la pista.

Los coches llegaron con un estruendo infernal, parecía como si hubieran cruzado la meta todos a la vez. La gente gritaba y agitaba el sombrero: «¿Quién ha llegado primero? ¿Alguien ha visto el número? ¿La bandera era amarilla y negra o verde y roja?».

Ganó Hans Stuck, el alemán. Nuvolari se clasificó segundo, pero conquistó el récord de velocidad media.

—Estos alemanes nunca me han gustado —comentó Ernesto.

Por los altavoces se difundió el himno alemán, en aquel idioma tan duro y lleno de consonantes que parecía decir cosas malas.

Tazio Nuvolari era pequeño y delgado, estaba de pie en el escalón inferior del podio y saludaba, la bandera italiana echada sobre los hombros y la cara sucia de polvo negro, excepto alrededor de los ojos: las gafas de piloto le habían dibujado un antifaz. Hans Stuck era alto, rubio y tenía cara de ratón.

Luigia apoyó la cabeza en el hombro de Ernesto.

—¿Qué pasará si al final se declara la guerra? ¿Qué haremos?

—Dios no lo permitirá. —Ernesto le besó el pelo.

Cuando acabó la carrera fui al Lambro con Maddalena.

Camino del centro hablamos de amor y guerra. Ella no creía ni en lo uno ni en lo otro. Luigia le gustaba, pero a su madre no porque no tenía dote y era hija de un comunista. Tiziano, en cambio, no le gustaba porque sonreía con crueldad y se cuidaba de no mancharse el uniforme, que lucía incluso cuando no era obligatorio con un orgullo que la asqueaba.

—Es una farsa —decía—, y quien necesita llevar siempre puesta una máscara algo tiene que ocultar.

A su madre, Tiziano le gustaba porque era hijo del señor Colombo, un hombre pudiente que, según contaba, había estrechado la mano a Mussolini. Y sobre todo le gustaba porque era rico y casi todos los sábados llevaba a Donatella de excursión a los lagos con el Balilla de su padre: cogían el barco de vapor y comían en un restaurante, algo que ella ni siquiera se había atrevido a soñar. Deseaba una boda de señora para su hija, vacaciones en un balneario para «tomar las aguas», como había oído decir a los ricos, y nietos rechonchos con la cara limpia. Según Maddalena, Tiziano no era más que un fanfarrón que se daba muchos aires, pero que no servía para nada.

—A mí me gusta —le dije—. Es elegante, ponderado. Usa palabras difíciles y habla con corrección. Además, tiene buenos modales.

—¿Y de qué habla? —soltó ella—. De la guerra, que le parece un juego divertido, como si fuera un niño que maneja soldaditos de juguete.

—¿Te da miedo?

—¿Quién?, ¿ese?

—¿No será que te gusta? A mí me parece guapo.

—No le tengo miedo a nada —resopló—. Y no me gusta nadie, mucho menos uno como él. —Apretó el paso.

Cuando llegamos al puente de los Leones, me di cuenta de que íbamos corriendo y de que me faltaba el aliento. Los leones de las columnas nos miraban con hastío, las patas cruzadas como si fueran maestros a punto de echar una regañina.

El nivel del Lambro era tan alto que ocultaba las rocas del fondo. Abajo nos esperaban Filippo y Matteo, de pie en la orilla. Uno con el uniforme de Balilla y los calcetines aún puestos, el otro con la misma camiseta manchada de siempre y ya descalzo.

—¡Habéis tardado muchísimo! —dijo Matteo mientras Maddalena y yo bajábamos por el margen desmoronado. En el punto por donde solíamos pasar las hojas de la hiedra estaban arrancadas y las ramas quebradas.

Maddalena me tendió el brazo para ayudarme a bajar, yo me sujetaba la falda con la otra mano para que no se levantara.

—Creíamos que ya no vendríais —dijo Filippo—. Estamos muertos de calor.

Los zapatos de la Malnacida chasquearon contra los guijarros; avanzó hacia la orilla.

—¿Sabéis qué haremos ahora? Nos bañaremos.

—¿Nos bañaremos? ¿Cómo? ¿Así?

—No, así no —respondió la Malnacida riendo— Primero nos desnudaremos.

—¿Qué quieres decir? —pregunté.

—Quiero decir que nos bañaremos en ropa interior y camiseta. Es como estar en la playa.

—¿Y tú qué sabes de la playa? Nunca has estado —dijo Matteo.

—Tú tampoco —replicó ella—. ¿Y qué? Esta será nuestra playa. Y encima, solo para nosotros. Vamos. —Se quitó la blusa y la dejó caer en la orilla; luego se quitó los zapatos empujando el talón con la punta del otro pie y los apartó de una patada—. ¿Se puede saber a qué esperáis? —dijo desprendiéndose de la falda.

Se quedó en bragas, con la camiseta, blanca y holgada, colgando de los estrechos hombros; la columna vertebral se le marcaba bajo la clara piel de la espalda, recta y en relieve. Estaba realmente guapa.

Cogió carrerilla, se zambulló en el agua del Lambro y salió respirando fuerte, con la boca abierta.

—¡Está fría! —gritó—. Vamos, cobardicas, tiraos.

Matteo fue el primero. Ni siquiera se quitó el pantalón y la camiseta. En cuanto tocó el agua chilló muy fuerte, un grito animal. Maddalena y él fingieron ahogarse el uno al otro mientras reían, tragaban agua y salían a la superficie tosiendo.

Filippo se despojó del uniforme casi con rabia. Se zambulló y salió respirando entrecortadamente, apretándose el pecho con los brazos y temblando.

—Está muy fría —despotricó entre dientes.

Matteo lo alcanzó y se puso a salpicarle agua con los pies.

Entonces me quité la falda y la blusa. Fue como liberarse de un vestido viejo y sucio demasiado ajustado, para tirar.

Cogí carrerilla. Tras haber pasado todo el verano descalza tenía las plantas de los pies duras como el cuero y ni siquiera notaba los guijarros. Me zambullí con los ojos cerrados. El agua helada me cortó la respiración.

—Está demasiado fría —dijo Filippo braceando hacia la orilla.

—¡Eres un gallina! —gritó Matteo sujetándolo por una pierna. Filippo trató de zafarse de él y se pusieron a forcejear aullando y tirándose del pelo.

La Malnacida se interpuso entre ellos, los empujó hacia el Lambro y la lucha se convirtió en una batalla campal entre la orilla y el agua, un juego que ganaba quien más agua salpicaba a los demás.

—¿Y tú qué haces ahí? ¿Mirar?

Entonces me santigüé y me metí en la pelea.

Forcejear, dar puñetazos, desollarse las rodillas contra el fondo limoso y sentir el barro negro entre los dedos y pegado al pelo hizo de mí una criatura de carne y hueso. Estaba hecha de piel, sangre, moraduras y huesos puntiagudos. Y gritos. Estaba viva.

Con los Malnacidos podía decir por primera vez «Aquí estoy» y sentir todo el peso de esa afirmación.

Sujeté a Maddalena de un brazo y la empujé detrás de las rodillas con un pie, tal como le había visto hacer a ella cuando desafiaba a los chicos en la orilla del río. Gritó y cayó de espaldas en el agua; cuando salió a flote tenía los mechones pegados a la frente como si fueran algas. Se levantó entre risas.

—Ahora verás lo que es bueno —dijo.

Me agarró por la cintura, haciéndome perder el equilibrio. No tuve tiempo de coger aire y al cabo de un instante todo se convirtió en agua. Tragué limo helado, pateé y creí que me moría. Maddalena me sacó tirándome de la muñeca. Tosí fuerte al tiempo que me daba golpes en el pecho y luego me eché a reír. El pánico desapareció de su cara, me abrazó. Era bonito sentir su piel contra la mía.

Las sombras que proyectaban el puente y los edificios contiguos al margen se habían alargado hasta cubrir casi por completo el cauce del río. Todavía abrazada a la Malnacida, me puse a tiritar contra su cuerpo.

—Vamos al sol. Si no, no nos secaremos —dijo ella. Sus dedos enlazados a los míos me inundaron de un calor repentino que se me concentró en la nuca.

Nos tumbamos bajo el único haz de luz que iluminaba la orilla, con los guijarros clavados en la espalda y los ojos cerrados, recobrando el aliento mientras el agua se disolvía en gotas que se deslizaban por las sienes y los recovecos de nuestros cuerpos inmóviles.

—Quiero estar siempre así —dije mientras la piel se calentaba despacio.

—¿Mojada y tiritando? —rio mordaz.

—Contigo.

Por el crujir de los guijarros me di cuenta de que se movía, y cuando su sombra cubrió el sol abrí los ojos y la vi tumbada de lado, con la barbilla apoyada en la palma de la mano.

—El mes que viene iré a la escuela contigo.

—¿De verdad?

—Ernesto ha dicho que sí —asintió—. Quiere que curse el ingreso y que luego estudie bachillerato. Él se ocupará de todo. Pero no puedo suspender.

—Si estudias, no suspenderás.

—Eso no me preocupa. Me esforzaré. Me refiero a lo demás. Tienes que enseñarme.

—¿Qué puedo enseñarte? Yo no sé nada.

—A ser buena —dijo—, a portarme bien.

Se tumbó de nuevo sobre la espalda, abrió los brazos y las piernas, como cuando en invierno se dibujan ángeles sobre la nieve.

Fue entonces cuando sentí un dolor repentino en el vientre, muy fuerte, como si alguien me pisara. El dolor desapareció por un instante y volvió con más fuerza con la siguiente respiración.

Me incorporé. Algo oscuro se me había pegado al muslo y chorreaba formando una fina línea negra. Creí que era un alga, una hierba del fondo, y alargué la mano para quitármela de encima.

Pero al tocarla los dedos se me pusieron rojos y brillantes de sangre. Me levanté de un brinco, tambaleándome para mantener el equilibrio al tiempo que percibía el mismo olor húmedo y desagradable de cuando Maddalena y yo nos habíamos tumbado en la bajada de los gatos para comparar nuestros arañazos.

Me quedé quieta mientras unas gruesas gotas me resbalaban por las pantorrillas y caían sobre los guijarros, oscuras como las monedas de cobre que Carla juntaba sobre la mesa de la cocina antes de ir a por pan.

—¡Me estoy muriendo! —grité.

—¿Qué te pasa? —exclamó Matteo, que seguía en remojo en el agua.

—¿Eso es sangre? —preguntó Filippo.

—Callaos —intervino la Malnacida.

Me apreté con fuerza la entrepierna para tratar de detener el sangrado. Estaba a punto de volverme del revés como una muñeca de trapo. Las entrañas se me escaparían y moriría así, vacía y pegajosa, en la orilla del Lambro.

—Me muero.

—No debes tener miedo —me susurró Maddalena al oído.

Me agarré a su camiseta empapada y las piernas me cedieron, por lo que tuve que sujetarme a ella para no caerme. El dolor me invadía a oleadas y de nuevo me atravesó una descarga incandescente. Jadeé. Respirar se había convertido en un esfuerzo consciente y agotador.

—Respira hondo. —Sus palabras eran como agua que fluía—. Enseguida se te pasará.

Por mi columna se deslizó una calma absoluta, como si un dedo estuviera contándome las vértebras. Los escalofríos y el dolor desaparecieron.

—No pasa nada —dijo Maddalena—. Es algo normal. Te dije que la sangre no debe asustarnos.

—Pero ¿cómo lo sabes?

—A Donatella le ocurre una vez al mes. Le duele la barriga y la espalda y al cabo de unos días se le pasa.

—¿Una vez al mes? —balbucí—. Eso no es posible. Te mueres.

—Que no —replicó seria; luego me puso las manos en los hombros y me obligó a mirarla—. Les sucede a todas las mujeres. Pasa cuando una crece.

—¿A ti te pasa? —dije sorbiéndome la nariz.

—Aún no.

—¿Por qué solo a las mujeres?

Se encogió de hombros.

—No lo sé. Es una cosa de mujeres y punto.

Extendió los brazos para alejarme de ella y me escrutó de pies a cabeza como hacía mi madre antes de que saliera de casa. Me condujo a la orilla del Lambro y me metió en el agua.

Yo había recuperado una respiración regular. Dejé que Maddalena me ayudara a lavarme la sangre. Me dijo que me quitara las bragas, que se habían manchado, y me frotó con fuerza el interior de los muslos.

—Lo siento —dije.

—No pasa nada.

—Me refería a tu camiseta. —La señalé. Le había manchado de rojo un costado.

—Eso no importa.

Se me humedecieron las pestañas.

—Ahora no te pongas a llorar.

—No estoy llorando. —Me sequé con las palmas—. Llorar es de tontos.

Sonrió.

—Veo que has aprendido.

Matteo y Filippo, en cuclillas en el río, con el agua hasta los hombros, nos miraban.

—¿Qué te ha pasado? —preguntó Matteo echándose hacia atrás el pelo que le goteaba sobre la frente.

—Nada.

Filippo se dobló hacia delante, hundió la cabeza en el agua y se puso a hacer burbujas por la nariz. Luego reapareció y dijo:

—Entonces ¿por qué sangrabas?

—Cuando nosotros nos hacemos daño no somos tan exagerados —añadió Matteo—. Enséñame qué te ha pasado.

—Son cosas nuestras —dijo de golpe la Malnacida—. Qué sabréis vosotros. ¡Y dejad de mirar!

Salimos del agua. Volvimos a la orilla y nos vestimos con la piel aún mojada. Maddalena se abotonó la blusa saltándose un botón, y se puso la falda negra torcida, pegada a los muslos. Se metió una mano debajo y se quitó las bragas levantando primero una pierna y luego la otra.

—Toma —dijo—, las tuyas están manchadas.

—¿Y tú?

Se encogió de hombros.

—No pasa nada.

Cogí las bragas que me ofrecía, todavía mojadas. Me las puse deprisa; estaban frías y se pegaban a la piel.

Me incorporé y escondí las mías en el puño.

—¿Sabes lo que pienso de lo que dicen de ti?

Se dejó la blusa mal abrochada y levantó la cabeza.

—¿Qué? —preguntó.

—Pues que no es verdad. No es verdad que traigas mala suerte y la tontería esa del demonio. Ni que a quien es tu amiga le pasan cosas malas. —Me miraba sin decir nada, seria—. Yo contigo me siento a salvo.

SEGUNDA PARTE

La sangre de mañana
y las culpas de hoy

10

El Balilla negro estaba aparcado enfrente de mi casa, al otro lado de la calle, cerca del barbero y frente a los carteles de Cinzano. El señor Colombo, el rostro oculto por el ala del sombrero, ocupaba el asiento del conductor. Al lado estaba mi madre con su vestido rojo.

No pude evitar pararme a mirarlos. Estaban cerca y por lo que parecía mantenían una conversación fluida. Mi madre reía con la boca abierta, de manera vulgar, como nunca habría hecho en casa. El parabrisas impedía que los oyera y me daba la impresión de asistir a un espectáculo de marionetas.

Mi madre debió de verme porque se recompuso, hizo un gesto al señor Colombo y abrió la portezuela.

Al bajar, se atusó el pelo y se alisó la falda. Llegó hasta mí con un repiqueteo de tacones.

—No es de buena educación mirar fijamente de esa manera, Francesca. —Hizo una pausa, se pasó la lengua por los labios—. El señor Colombo ha tenido la amabilidad de acompañarme a casa. Ahora, compórtate como es debido y salúdalo.

Él inclinó apenas la cabeza y se tocó el sombrero.

Mi madre, alegre como una niña, hizo un gesto con la mano y se giró de nuevo. Solo entonces pareció verme realmente. Me escrutó con gesto contraído y dijo:

—Pero ¿cómo ha acabado así el uniforme?

No respondí. Eché a correr y crucé la verja. Subí la escalera. Ella gritaba mi nombre desde la calle. Yo llevaba las bragas manchadas en una mano y en la otra los guantes arrugados.

Entré en casa y Carla, que reconocía mis pasos, me saludó desde la cocina. Mi padre se asomó por detrás del periódico y dijo:

—Te he comprado el *Corrierino*. —Luego, cuando me vio, añadió—: ¿Qué te ha pasado? ¿Te has caído al río?

Que me viera así hizo que me ruborizara violentamente. Me precipité al baño y lavé deprisa las bragas ensangrentadas por miedo a que me riñeran.

—¿Se puede saber qué le pasa a tu hija? —preguntó mi madre, nerviosa.

—Pero ¿no ibais juntas? —replicó mi padre—. ¿Dónde te la has dejado?

Me puse a frotar el jabón con más fuerza; los cantos se me clavaban en las palmas y el agua se teñía de rosa al tiempo que el olor a sangre mezclado con el aroma dulzón a lavanda me llegaba a la nariz.

—Debe de haber estado otra vez con esos gamberros —dijo mi madre—. La señora Mauri la ha visto en compañía de la Malnacida.

—¿De quién? ¿De la hija de los Merlini?

—No me gusta esa chiquilla. Sabía que la echaría a perder.

—¡Qué sabréis vosotros! —grité conteniendo las lágrimas.

Por su parte, hubo un silencio inesperado. Fue mi madre la primera en tomar de nuevo la palabra para decirle a mi padre que me castigara por la impertinencia. Pero él se negó y, como ella insistía, le gritó que lo dejara.

Me bloqueé y, aterrorizada, me sujeté al borde de la pila. Mi padre nunca gritaba.

La puerta del baño se abrió de par en par y el vestido rojo de mi madre entró como un rayo. Nos miramos fijamente un buen rato: yo, de pie, delante del lavabo manchado de sangre, con las piernas desnudas y los brazos llenos de espuma; ella, en el umbral, con los ojos muy abiertos.

—Entiendo —susurró. No me dio explicaciones, solo dijo con tono impersonal—: Ahora eres una mujer.

Por un instante pareció no reconocerme, como si fuera algo amenazador: una criatura a la que había tratado de amaestrar y que se le había escapado de las manos.

Luego abrió el armario del baño y colocó largas tiras de tela y un frasco con la etiqueta SANADON en el borde de la bañera.

—Estas son para el sangrado —dijo— y esto para el dolor. Cuando acabes, déjalo todo limpio. Y la próxima vez solo tienes que decir que estás indispuesta. Si no, no va bien.

Salió cerrando la puerta a sus espaldas. Una vez en el salón, oí que cortaba por lo sano.

—Nada. Cosas de mujeres.

Me quedé atontada. No me recuperé hasta qua Carla llamó a la puerta.

—¿Se puede?

Al entrar me sonrió con amabilidad y suspiró. Recogió las cosas que mi madre había dejado en el borde de la bañera y se arrodilló.

—Te enseñaré cómo se hace —dijo.

El dolor y la sangre desaparecieron al cabo de una semana.

Mi cuerpo, sin embargo, me parecía cada vez más extraño, algo que me costaba entender. Por primera vez tomaba conciencia de las miradas de los demás, sobre todo de las masculinas.

Tanto si iba al Lambro con los Malnacidos, vestida con ropa vieja, como si salía a hacer recados con mi madre, bien peinada y perfumada, siempre notaba el peso de las miradas y los comentarios susurrados de los desconocidos. Mi madre advertía mi incomodidad y comentaba: «Eso es porque eres guapa». Pero yo no me sentía guapa. Me sentía culpable por atraer la atención de los hombres.

Cuando volvíamos a casa, me encerraba en el baño y, desnuda delante del espejo, me avergonzaba del acné que me desfiguraba las mejillas, la frente y la barbilla, de la hinchazón de aquella carne dilatada que aparecía debajo de los pezones. Sentía remordimientos por crecer.

Hacia finales de septiembre, en los cruces delante de los quioscos y al salir de misa, la gente hablaba de «Abisinia italiana» y «Arenas de la victoria», y decía «Abajo el Negus». Un día mi padre volvió a casa con una botella de vino espumoso italiano, una de las caras, y nos comunicó que teníamos algo que celebrar.

Puso el vinilo de arias de óperas famosas y le pidió a Carla que dispusiera la mesa y preparara arroz al azafrán, su preferido.

Hacía tiempo que no lo veía tan feliz. Cantaba con su voz estridente y desentonada: «E a te, mia dolce Aida, tornar di lauri cinto. Dirti: per te ho pugnato, per te ho vinto!». Y cuando Carla trató de ayudarlo a abrir la botella de vino se ofendió e insistió en que él se encargaba.

No llevaba salchicha, pero el arroz estaba sabroso; el pan, recién comprado, crujía entre los dedos y emanaba un aroma envolvente.

—¿Qué celebramos? —preguntó mi madre, que no estaba acostumbrada a beber y ya tenía las mejillas encendidas.

—La concesión de sombreros para las tropas es oficialmente nuestra —respondió mi padre.

Mi madre levantó la copa para que Carla le sirviera más espumoso.

—El señor Colombo ha cumplido su palabra —dijo orgullosa.

—El mérito es de la calidad de nuestro fieltro. —Mi padre dio un trago, chasqueó la lengua y añadió—: Si la dichosa guerra estalla, los encargos seguirán aumentando.

Yo no quería que hubiera guerra, pero me alegraba ver feliz a mi padre. Por suerte, el papelón que había hecho con el señor Colombo no había echado a perder su negocio. Y él iba a seguir queriéndome.

Rebañé el plato. En aquella época tenía un hambre nerviosa e insaciable.

—Lo has limpiado de maravilla —dijo mi padre mientras la miga se embebía.

Mi madre lo fulminó con la mirada.

—Esos no son modales de señorita.

—Déjala, tiene que crecer —repuso mi padre riendo—. Nuestra Francesca se está convirtiendo en una buena moza. Dentro de poco harán cola en la puerta, te lo digo yo. Tendremos que espantar a los pretendientes a garrotazos.

El talle de la falda se me clavaba en el vientre; lo rodeé con los brazos y seguí masticando.

Carla recogió la mesa en silencio. Antes de entrar a la cocina se detuvo y se persignó. Estaba asustada. Decía que en la guerra solo morían las personas humildes, los de arriba los mandaban a luchar porque les importaban un bledo.

—Tengo un presentimiento —dijo mi padre limpiándose la boca con la servilleta—. De ahora en adelante todo irá a mejor.

11

El 2 de octubre por la tarde se declaró la guerra.

Hacía un frío de perros y la *scighera*, la niebla de otoño, era densa como la mantequilla. Piazza Trento rebosaba de gente cuya presencia solo se adivinaba por los murmullos de la espera. De los altavoces apenas salía un silbido ronco y en el balcón del ayuntamiento las autoridades arrebujadas en sus uniformes esperaban erguidas y en jarras.

De la bruma salían retazos de banderas italianas y estandartes que desaparecían a su vez junto con la trompeta de bronce del monumento a los Caídos.

—¿En serio creen que es algo que se tenga que celebrar? —dijo Maddalena con la mirada baja.

De repente, los altavoces zumbaron y la voz de Mussolini pareció salir de la nada. Sonaba estentórea y orgullosa, pero el duce se interrumpía a menudo para respirar, lo cual me recordó a los peces que boqueaban con los ojos muy abiertos cuando Maddalena los pillaba y los apretaba en la mano.

El duce hablaba con ardor de los hombres y las mujeres que se habían congregado en las plazas:

Veinte millones de italianos, pero un único corazón, una única voluntad, una sola decisión. Esta manifestación debe demostrar al mundo, y de hecho lo demuestra, que Italia y el Fascismo constituyen una identidad perfecta, absoluta e inalterable. Solo la más burda ignorancia de la Italia de 1935, año XIII de la Era Fascista, puede sostener lo contrario. Hace meses que el destino, bajo el impulso de nuestra serena determinación, avanza hacia la meta. ¡Y ahora que su ritmo se ha acelerado, es imparable!

El único y monstruoso ser sin forma ni cuerpo que nos rodeaba estalló en gritos, coros y vítores.

Durante toda la tarde se difundieron discursos y canciones. La ciudad pululaba de gente presa de una insólita agitación, gente que solo ahora, con aquel grito de guerra, parecía encontrar su razón de vivir, como si las palabras de aquel hombre cuyo rostro habían visto todos en las paredes de las oficinas municipales, en el noticiero o hablando desde el balcón de una ciudad que solo conocían por las postales y los libros ilustrados bastaran para recordarles que formaban parte de un pueblo, de un país con un único jefe y un único Dios.

Cantaban *Faccetta nera* y agitaban las banderas con tanta fuerza que, por unos instantes, disipaban la neblina. Aquella energía antigua, animal, me transmitía una carga muy fuerte. Aunque no comprendía que la noticia de una guerra suscitara tanta alegría como si nos fuéramos de alegre veraneo, no podía evitar dejarme llevar por aquel ímpetu irrefrenable. Era bonito sentirse parte de algo, a pesar de que fuera caótico, vehemente y peligroso.

Tres días después de la declaración de guerra a Etiopía, Ernesto recibió la notificación de llamamiento a filas.

Con la camisa limpia y con corbata, se presentó en la caja de reclutamiento de nuestro barrio para pedir que aplazaran su partida hasta la primavera, después de su boda, pero nadie disponía de tiempo para escucharlo. Todos los italianos debían luchar por la causa, con independencia de que tuvieran hijos, esposas, novias o padres enfermos. Tendrían que esperar a que volvieran, en nombre de la patria. Todos debían sacrificarse en aras de un bien superior que yo no lograba entender.

Donatella se ofreció para convencer a Tiziano de que intercediera ante su padre.

—Con su posición, seguro que encuentra algún pretexto.

Pero Ernesto apretaba los dientes.

—¿Para qué? ¿Para ir por ahí diciendo que me muero por ir a la guerra pero que tengo una enfermedad de corazón incurable? Para eso, prefiero ir a Abisinia. Al menos volveré sereno y con el orgullo intacto. Y libre. Yo con los fascistas no quiero tratos.

Donatella lloraba, le decía que no se daba cuenta de lo que hacía.

Luigia también le imploraba que recapacitara.

—De qué me servirá tu orgullo cuando estés lejos. Más vale fascista en casa que libre en África. O lo que es peor, muerto.

Ernesto abría mucho los ojos, daba puñetazos en la mesa y decía que él no iba a renunciar a sus principios por nada del mundo. En toda su vida solo había jurado fidelidad a dos cosas: al Señor y a Luigia, a quien se la prometería de nuevo y para siempre con la bendición de un cura y bajo una lluvia de granos de arroz. Decía que había ahorrado lo suficiente para que su familia pudiera salir adelante sin aprietos mientras él no estaba. Luego, miraba a Luigia, que temblaba y lanzaba profundos suspiros, le cogía la cara, le besaba la frente y decía:

—Volveré pronto, ya lo verás.

Luigia se quitaba las gafas empañadas, hundía la cara en su pecho y se esforzaba por sonreír.

—Si tú no estás, ¿quién nos hará de maniquí para acabar el vestido?

El 6 de octubre, a la hora de cenar, estábamos sentados en silencio delante de la radio, con la sopa enfriándose en la mesa. Una voz severa anunció que el ejército había conquistado Adua.

Tras solo tres días de combates, la primera victoria. Carla estaba en la cocina pidiéndole a Dios que la guerra acabara pronto. Su hermano menor, que siempre repetía: «Muchos enemigos, mucho honor», se había alistado voluntario. La radio decía:

Empieza el camino de la expansión por el mundo. Con la reconquista y la nueva consagración de Adua, Italia inicia su misión de gran nación colonial.

En el fondo, la guerra era un juego de niños. Ernesto volvería enseguida y la boda sería aún más alegre. Quizá se celebrara en primavera, la novia con flores en el pelo y Maddalena insólitamente peinada y con los zapatos relucientes. Yo me compraría un vestido nuevo, de mayor, con el talle ceñido y la falda tobillera. Maddalena se reiría y yo bailaría las canciones de fiesta con las puntas de los pies en equilibrio sobre los suyos.

12

Ernesto debía partir el lunes 14 por la mañana, el mismo día en que empezaban las clases. Lo incorporarían a un batallón de adiestramiento antes de embarcar rumbo a África.

Luigia había rezado para que lo destinaran a un regimiento en Italia, quizá en Verona o Florencia. Sus súplicas tampoco fueron atendidas. Puede que en el paraíso, como en la caja de reclutamiento, no tuvieran tiempo para prestar atención a una modista.

Maddalena quería hacer novillos el primer día de clase para acompañar a Ernesto a la camioneta militar y decirle adiós hasta que desapareciera al final de la calle y la garganta se le hubiera secado de tanto gritar. Pero él le había hecho jurar que nunca se saltaría las clases y que siempre se comportaría bien. «Solo quiero sobresalientes —dijo, y la besó en la mejilla, justo encima de la mancha donde decían que el diablo la había tocado—. No pierdas la fe».

El domingo antes de su marcha, la familia Merlini organizó una comida a base de *salame cotto* y *castagnaccio* a la que yo también estaba invitada. «Ya eres de la familia», decía Ernesto.

Luigia no dejaba de morderse el labio y tenía los ojos hinchados; Donatella, sola delante de la ventana, se fumaba un cigarrillo que había sacado de la pitillera de plata que le había regalado Tiziano Colombo. Durante días, había acusado a Ernesto de no haberle permitido que lo ayudara, y ahora que había llegado la hora de la verdad no podía perdonárselo. «De qué le sirve ahora su maldito orgullo», decía.

Fue una comida triste, a pesar de que Ernesto se esforzó por alegrar el ambiente. Hacía frío, pero la ventana estaba abierta para escuchar la música que llegaba del piso de arriba. Cuando tocaron *Faccetta nera*, Ernesto la cerró y se lio un cigarrillo en silencio, humedeciendo el papel con los labios. El humo llenó la cocina y él se ensombreció.

La madre de Maddalena, sentada a la cabecera de la mesa, rascaba el plato vacío del *castagnaccio* con el tenedor.

—Si Mussolini lo supiera, no existirían estas injusticias. Alguien debería contarle las desgracias que sufrimos los pobres. Podríamos escribirle una carta.

Luigia buscó la mirada de Ernesto, que se rio con amargura.

—Como si al duce le importara lo más mínimo.

—La Providencia lo ha salvado de los atentados. Significa que los santos lo protegen —insistió su madre.

—Significa que es como una mosca. —Ernesto dio un manotazo en la mesa que hizo salir volando las hebras de tabaco—. Que no es fácil matarlo. Hay que intentarlo una y otra vez hasta lograrlo.

Luigia calentó agua para el café de cebada. Entretanto Maddalena me llevó a la habitación donde dormía con sus hermanos. Encima de la cama de Ernesto había un crucifijo y una estampa de san Francisco clavados en la pared junto con recortes de periódico con fotos de Nuvolari y Learco Guerra, que el año anterior había ganado el Giro de Italia. En la mesilla de noche de Donatella había una foto de De Sica en una escena de *¡Qué sinvergüenzas son los hombres!*, una polvera y una novela de misterio: *Muerte en la vicaría*.

En el lado de Maddalena no había nada, solo las piedras brillantes que recogía en el río. En la habitación apenas cabían las camas, no quedaba espacio para la intimidad.

Maddalena me invitó a sentarme en la suya, el colchón estaba deformado y se hundía. Me dijo que por las noches examinaba las grietas del techo y no lograba conciliar el sueño. Entonces se destapaba y trataba de rezar, pero no podía.

—Tienes que enseñarme, a mí no me sale —dijo.

—Eso no se aprende.

—Pues yo digo que sí —insistió—. ¿Cómo hay que ponerse? ¿Así? ¿Y luego? ¿Qué se hace luego? ¿A la Virgen se le habla como hablan los señores? ¿Hay que pedir «por favor» y decirle «gracias»?

—¿Y por qué quieres ponerte a rezar ahora?

—Para rogarle que me lo devuelva —dijo con la mirada sombría—. Luego nunca más volveré a pedirle que me conceda una gracia.

Jamás la había visto tan abatida. Había dejado a un lado su obstinación y su rabia. Pero tenía los ojos secos y la mirada feroz de siempre.

Me arrodillé a su lado, los codos sobre la cama, la frente apoyada en las manos unidas. Rezamos juntas un avemaría y un padrenuestro. Maddalena me seguía con lentitud porque no se acordaba de las palabras. A su lado, la fe adquiría sentido y dimensión humana, nada tenía que ver con el olor a incienso y con la iglesia. Con Maddalena yo también volvía a creer en secreto.

Cuando llegó la hora de regresar a casa, Ernesto se despidió de mí diciendo:

—Me alegro de que Maddalena te haya conocido. —Tensó los hombros y golpeó con suavidad un extremo del cigarrillo contra la palma de la mano. Sus gestos eran bruscos, como los de su hermana, pero también denotaban la misma vulnerabilidad, que él procuraba ocultar tras un rostro que habría podido plantarle cara al mismísimo diablo—. La gente le ha puesto un mote brutal —prosiguió, llevándose el cigarrillo a los labios—. Y ella lo luce como si fuera una armadura e incluso se enorgullece. Es una chica fuerte. No le importa lo que digan los demás. Y con los tiempos que corren es lo único que cuenta.

—No le tiene miedo a nada —dije procurando mantener la barbilla alta como ella.

—A veces eso no es aconsejable. —Ernesto acercó el mechero al cigarrillo y dio una calada—. Prométeme que no la dejarás sola.

Me sentí importante, depositaria de un deber sagrado, una heroína de esas novelas que hablaban de amor y duelos con espadas donde los protagonistas morían el uno por el otro y usaban palabras difíciles.

—Lo prometo.

Al día siguiente le dije a mi madre que no quería que Carla siguiera acompañándome a clase porque ya era mayor. Me puse el abrigo, cogí la cartera con los cuadernos nuevos y salí sola. El aire enrarecido de la mañana me revolvió el pelo y me abofeteó la cara.

Maddalena me esperaba en la fuente frente al palacio Frette, al final de largo Mazzini.

—Seguro que te aburres —le dije mientras caminábamos en fila por la acera—. Tendrás que escuchar las mismas cosas que el año pasado.

Maddalena había cogido una rama, con la que iba golpeando las verjas de las casas.

—Esta vez es diferente. El año pasado tú no estabas. Además, he prometido ser buena —dijo. Tenía la cara limpia, el pelo por detrás de las orejas y llevaba calcetines blancos—. En el fondo, un año pasa deprisa. —Me cogió de la mano y me pasó el pulgar por los nudillos agrietados por el frío—. Vamos, apresúrate, que llegaremos tarde.

Estaba asustada y contenta de empezar aquella escuela que tenía un nombre altisonante: «Ginnasio inferiore». Hacía que me sintiera mayor. Durante el último año había estudiado mucho para pasar el examen de admisión y la posibilidad de que me suspendieran me había provocado unas terribles pesadillas.

La escuela, con sus reglas, sus horarios y sus notas, me proporcionaba un objetivo, una meta que alcanzar. Era una trayectoria que entendía, tenía una misión. Como en las novelas.

Llegamos jadeando, sin soltarnos de la mano.

Chicas y chicos entrábamos por puertas separadas: por aquí nosotras, por ahí ellos. Y lo mismo valía para las clases, como si Dios en persona hubiera erigido una barrera entre nosotros que solo el matrimonio podría derrumbar.

Si no me sentí perdida fue solo gracias a la mano de Maddalena, que me guio más allá de la verja adornada con banderas italianas, a través del patio y escaleras arriba, presidida por el retrato de Rosa Maltoni, la madre de Mussolini, que había sido maestra. La mujer tenía una expresión dócil y obediente, y a sus pies habían colocado ramos de rosas y coronas, como si fuera un altar.

Nuestra clase estaba en el segundo piso; las amplias ventanas permitían que entrara mucha luz. De la pared, junto al crucifijo, colgaban los retratos del rey, la reina y el duce. La pizarra olía a jabón y los borradores nuevos estaban apilados sobre la repisa de madera.

Maddalena me llevó a la última fila, donde una podía entretenerse y mirar por la ventana.

—Me pasé todo el año haciéndolo —dijo orgullosa mostrándome un agujero del grosor de un dedo, que atravesaba la tapadera del pupitre de parte a parte.

—¿Nos sentamos aquí?

—No. Este año nos sentaremos en la primera fila.

Las chicas nos miraron con curiosidad cuando cruzamos la clase de la mano para volver a los pupitres delanteros, en los que nadie quería sentarse; llevaban trenzas apretadas o el pelo sujeto con cintas, tenían las rodillas limpias y lisas como bolitas de miga de pan modeladas con los dedos y se sentaban con compostura, la espalda erguida y los tobillos cruzados.

A pesar de ser un año mayor, la Malnacida era la más baja de todas, que le pasaban al menos dos centímetros; llevaba el lazo de la bata desabrochado y no trataba de ocultar las heridas.

Cuando entró la profesora de latín y lengua italiana, nos pusimos de pie para hacer el saludo fascista. Tras pasar lista, se presentó con palabras escuetas y expeditivas. Dijo que en su clase no había lugar para las holgazanas y que no le gustaban las quejicas. Con su permiso, tomamos asiento en medio de un murmullo confuso. Los pupitres estaban unidos de dos en dos y llenos de grabados realizados por generaciones de cortaplumas.

Yo respiraba entrecortadamente. Temía no estar a la altura.

Por debajo del pupitre, Maddalena me puso una mano en el muslo. El aroma familiar de su piel me tranquilizó. «Aquí estoy», decía. Y para mí bastaba.

A pesar de que procuraba esforzarse, se notaba que la escuela no era lo suyo.

Le molestaba el lazo de la bata, tener que pedir permiso para ir al baño y decir: «Perdone, señora profesora». Odiaba sobre todo el ritual del saludo matutino, cuando, firmes junto al pupitre, teníamos que levantar el brazo derecho con los dedos extendidos hacia el retrato de Mussolini dando un taconazo y rogar a Dios «por el duce, por los los soberanos y por nuestra querida patria». Las otras chicas la miraban de reojo, señalaban sus zapatos, sus rodillas, el pelo cortado a trasquilones y la mancha brillante de la sien. Durante el recreo, se acercaban a los radiadores con su pan blanco untado con mantequilla y se burlaban del pan negro de Maddalena, pero cuando ella les preguntaba «¿Qué miráis?» se iban con el rabo entre las piernas.

A mí, en cambio, la escuela empezaba a gustarme, a pesar de que las primeras clases de latín ya me habían puesto a prueba. Pero el sonido de aquella lengua tan antigua era bonito. Y las historias de héroes, dioses, traiciones, batallas y amores me emocionaban. Si Monza ardía como Troya, me echaría a la espalda a Maddalena y huiríamos juntas sin volver la vista atrás; luego fundaríamos nuestro propio país, del que seríamos reinas.

Siempre me habían considerado «una chica tranquila y bien educada».

Ahora eso no me bastaba. Quería que me llamaran por mi nombre y dijeran: «Es la mejor».

Me gustaba que me dieran bandas y medallas de honor y que halagaran mis deberes. Pero las cosas importantes seguía aprendiéndolas de Maddalena: cómo hacer rebotar las piedras en el río, por qué los chicos corrían detrás de las chicas o por qué a las mujeres se les hinchaba la barriga antes de dar a luz. Las cosas que explicaba la Malnacida eran sencillas y a la vez misteriosas, como la rotación de los planetas o la formación de las montañas, pero estaban revestidas de la vergüenza y la reticencia de los mayores, que las volvían prohibidas, clandestinas, y por eso interesantes.

Me di cuenta de que me alegraba más si era ella quien me decía que era buena estudiante. Me gustaba que me admirase cuando la ayudaba a resolver un problema difícil en la escuela o le explicaba la diferencia entre el complemento del nombre y el indirecto.

«Tú esas cosas las pillas enseguida», decía concentrándose en su cuaderno manchado y con las esquinas dobladas.

Se esforzaba por su hermano, al que le escribía una carta por semana con mi ayuda. Por fin, desde el principio de nuestra amistad, me daba cuenta de que yo también aportaba algo. Nunca hasta entonces me había sentido indispensable.

13

Maddalena sabía hacer gala de su desobediencia incluso a escondidas. Y se enorgullecía. Yo no me atrevía a contestar a la profesora, a mirar a los adultos a los ojos cuando me dirigían la palabra, y aceptaba cualquier reproche sin replicar «No lo he hecho adrede».

En cambio ella, incluso en situaciones en que debía pedir perdón, decir «Por favor» o «Perdóneme», lo hacía con aire desafiante. Desde fuera parecía irreprochable y humilde. Pero por dentro, en secreto, incubaba una rebelión.

No se rebelaba cuando la representante de la clase —que en ausencia de la profesora tenía la tarea de apuntar a las buenas y las malas en dos columnas separadas— la colocaba a la cabeza de la lista de las malas solo porque era «la Malnacida», o porque, «aunque todavía no ha hecho nada malo, sin duda lo hará».

Yo hubiera querido levantarme, gritar que era una injusticia, pero ella me hacía una señal para que permaneciera sentada, si no sería peor. Conocía la maldad de las compañeras, desleal y susurrada, llena de engaños y falsedades dichos a la espalda, y sabía que tarde o temprano se acabaría como el fuego que quema los rastrojos.

Maddalena tenía aguante. Aguantaba que le llovieran las bolitas de papel por su penosa pronunciación del latín o que le tiraran piedras en el recreo, de las que se protegía con su cartera de cuero. Las peores eran cinco chicas de segundo que habían sido sus compañeras de clase. La mandona era Giulia Brambilla, la hija del farmacéutico, a la que el año anterior Maddalena le había roto un diente de un puñetazo.

Giulia llegaba a clase por las mañanas en un coche negro con chófer, acompañada por la gobernanta; tenía tirabuzones claros y bien definidos como los de las mujeres de las revistas y una sonrisa de colegiala obediente en la que resaltaba la mella negra del colmillo perdido. Sacaba buenas notas y trataba a los profesores con deferencia y tono mesurado, pero cuando estaba segura de que los adultos no podían oírla, era mordaz y deslenguada con Maddalena. Le arrojaba puñados de tierra, le metía bocados masticados en los bolsillos, le tiraba del pelo hasta arrancárselo y la llamaba «maldita bruja».

Ella no reaccionaba. Yo me enfadaba. Tenía que denunciarlo a los profesores, responder a las provocaciones y hacérselas pagar. Era precisamente de Maddalena de quien había aprendido el gusto por la rebelión, y no entendía por qué aguantaba en silencio.

«Lo prometí», respondía.

Conmigo, sin embargo, Giulia y sus amigas se mostraban amables: me decían que mi pelo era bonito y me preguntaban si tenía algún pretendiente. Eso era lo que más odiaba.

Un día en que corríamos por el patio, Giulia Brambilla le hizo la zancadilla a Maddalena, que cayó sin siquiera tener tiempo de parar el golpe con las manos. Se desolló las rodillas y la barbilla.

—¿Te has hecho daño? —le pregunté mientras se sacudía la bata.

Soltó una de aquellas carcajadas que sonaban como las sandalias sobre los guijarros.

—Qué va.

Pero tuvo que acudir al dispensario porque, aunque tratara de taponar la herida, la sangre no cesaba de brotarle del mentón y de gotearle entre los dedos, manchándole la bata.

No le dijo una palabra a Giulia Brambilla, la ignoró por completo, como si hubiera tropezado y se hubiera hecho daño sola.

En cuanto Maddalena desapareció al fondo del patio, me giré hacia Giulia y sus amigas, que aún estaban riéndose.

—¿Por qué la odiáis tanto? —pregunté tratando de imitar el arrojo de Maddalena.

—¿A esa? —respondió Giulia—. Nosotras no la odiamos.

—Entonces ¿por qué le ponéis la zancadilla, le tiráis piedras y la molestáis?

—Nos defendemos.

—¿Os defendéis?

—Se lo hacemos antes de que nos lo haga a nosotras.

—Maddalena no quiere haceros nada.

—No debes pronunciar ese nombre. ¿Acaso no sabes que trae mala suerte?

Tragué saliva.

—Maddalena es mi amiga.

—La Malnacida no tiene amigas. No puede. —Tenía las palmas sudadas y el corazón me latía con mucha fuerza en los oídos—. ¿Sabes por qué? —insistió Giulia Brambilla; los tirabuzones claros le rebotaban en las mejillas.

—¿Por qué? —balbucí a mi pesar.

—Porque las personas que se relacionan con ella acaban mal.

A su espalda, todas sus amigas se rieron, excepto una que permanecía callada en un rincón.

—Eso no es verdad —repliqué.

—¿Te ha contado lo de su hermano?

—Por supuesto. Se cayó.

—¿Estás segura?

—¡Claro que lo estoy!

—¿Y lo de su padre? ¿Te lo ha contado? ¿Y lo de Anna Taglia-ferri? —Debió de leerme en la cara que no sabía de qué hablaba, porque prosiguió—: A su padre la prensadora le aplastó una pierna.

—Lo sabía —respondí tratando de recordarles a mi cuello, a mis hombros y a mis piernas la postura que adoptaba cuando desafiaba a los Malnacidos en la orilla del río.

—¿Y sabías que aquella misma mañana la Malnacida discutió con él y le dijo que ojalá no volviera? —Se me secó la garganta—. Y lo de Anna Tagliaferri, ¿lo sabes?

—No —tuve que admitir.

—¿Te ha contado que hizo que se golpeara la cabeza contra el pupitre hasta sangrar?

—Sería un accidente —contesté cuando me di cuenta de que se refería a la compañera de pupitre de Maddalena.

—Diez golpes se dio. No paraba. Parecía un martillo pegando en un clavo. Itala lo vio todo. En primaria iba a clase con ella. Díselo, Itala.

La chiquilla, que se mantenía a distancia, se acercó. Tenía los dientes torcidos y llevaba trenzas. Asintió levemente, temblando.

Giulia se cruzó de brazos y me escrutó un buen rato.

—¿De verdad quieres caerte por la ventana o perder una pierna?

—Por supuesto que no —dije de sopetón.

—Pues aléjate de ella. La Malnacida lleva el diablo en el cuerpo. Y si el diablo también te besa a ti, no tendrás escapatoria. Ni siquiera si te mueres, porque irás al infierno.

No repliqué, abrumada por la angustia y el sentimiento de culpa por no lograr encontrar argumentos para contraatacar. «Me dais asco —habría deseado decirles—. Es todo mentira, sois unas embusteras». Pero me quedé callada. ¿Por qué? ¿Por qué no lograba decir lo que pensaba y seguía tragándome ese veneno que iba a parar al fondo del estómago y me quemaba?

—Estoy segura de que su hermano mayor también la palmará. De la guerra ese no vuelve. Se ahogará con la arena de África. Ya lo verás. —Se rio y sus amigas la imitaron, menos Itala, que se había escondido de nuevo detrás de ella; pero otra le dio un codazo y se esforzó en soltar una carcajada sofocada.

Solo entonces me di cuenta de que Giulia Brambilla había dejado de observarme y fijaba la vista en un punto detrás de mí.

Me giré y vi a Maddalena, con una tirita en la barbilla. La manera en que nos miraba me dio miedo.

Dos días después encontraron a Giulia Brambilla en el hueco de la escalera.

Se había caído y se había abierto la frente. Volvió en sí al poco de llegar los médicos que se la llevaron. Tenía la cara ensangrentada y gritaba mucho. Los tirabuzones empapados se le habían pegado a la cabeza. El zapato que había perdido al caer permanecía en equilibrio sobre un peldaño. Estábamos asomadas a la barandilla del segundo piso y alguien señaló la mancha oscura en la escalera de mármol, afeada por las huellas de los que la habían socorrido. Desde su retrato, Rosa Maltoni seguía mirando fijamente el punto al que Giulia había ido a parar. Los ramos de flores se habían marchitado y desprendían mal olor.

La profesora de lengua italiana nos conminó a volver a clase. Pero nadie la obedeció. Nos habíamos aglomerado en el pasillo: había chicas del primer curso con trenzas y chicas del último con peinados como los de las revistas que no solían mezclarse.

—La han empujado —dijo una de segundo con lazos en el pelo.

—Han debido de empujarla, a la fuerza —añadió nuestra representante de clase.

—¿Quién ha sido?

—La Malnacida.

—¿Alguna lo ha visto? —preguntó una de tercero.

—No puede haberse caído sola.

—Ha sido la Malnacida, seguro.

—Es mala.

—La ha empujado ella.

Las voces se superponían cada vez más fuertes para imponerse al sonido de la campanilla que el bedel seguía agitando llamándonos al orden.

La busqué entre la multitud, pero no la vi.

«¡A clase, a clase!», gritaba la profesora mientras las chicas se empujaban hacia el hueco de la escalera para conseguir un sitio en primera fila. Luego, de repente, se hizo el silencio.

Maddalena avanzó como Jesús resucitado entre los apóstoles y todas se apartaron para dejarla pasar, enmudecidas.

Cuando llegó a la barandilla y miró hacia abajo, sin decir palabra, una voz desconocida gritó desde la multitud:

—¡Ahí está! Ha sido ella. Ha sido ella.

—Ten cuidado o te tirará también a ti —la advirtió otra.

—Hay que avisar a los profesores —añadió una tercera.

—Te lanzará una maldición. ¡No te acerques a ella!

—¿Por qué no dice nada?

—No permitáis que os toque.

—Está triste porque quería matarla, pero ha fallado.

—Ahora tiene que encontrar a otra para ofrecérsela al diablo.

Maddalena se dio la vuelta.

—No es cierto.

Escrutó a las chicas una a una, dispuesta a plantarles cara.

El vacío a su alrededor se hizo más grande; algunas se separaron del grupo y se dirigieron al fondo del pasillo, donde el profesor de matemáticas y la profesora de latín, con la ayuda del bedel, estaban conduciendo a las alumnas de primero C dentro de la clase.

De repente, Maddalena me pareció frágil. Pero en sus ojos brillaba un coraje luminoso.

Habría querido tenderle los brazos, ir a su encuentro, cubrir el espacio que nos separaba y decirle: «Yo no me lo creo», pero no pude.

Fue como si no habitara mi cuerpo, como si estuviera sentada un poco más atrás observándome a mí misma mientras miraba a la Malnacida.

Fueron sus ojos los que me hicieron volver en mí, tocar con los pies en el suelo. Me buscaba con la mirada.

Las voces de las chicas se habían convertido en una cantilena obsesiva: «La ha empujado como hizo con su hermano, quería matarla. Es ella la que provoca estas cosas».

—¿La has empujado tú? —solté de golpe. La pregunta, un susurro atemorizado que no me pertenecía, había reptado por mi garganta dictada por alguien que, situado a mi espalda, me guiaba como a una marioneta, alguien asustado, cobarde y mezquino; alguien que yo nunca habría querido ser.

La cara se le aflojó y su seguridad desapareció de golpe.

—¿Me lo preguntas en serio?

—Lo habías prometido —dije temblando un poco.

La Malnacida contrajo la cara en una mueca, como si hubiera chupado un limón.

—Al final tú también eres como todas. —Salió corriendo, abriéndose paso entre las chicas, que se pusieron a gritar.

Me quedé mirándola con una sensación de debilidad.

La culpa sentaba como un puñetazo en el estómago.

—¡Maddalena! —chillé. Pero ella había desaparecido.

Fui en su busca mientras las otras volvían a clase, ordenadamente y en fila de a dos.

La decepción que había leído en sus ojos me mortificaba.

Me precipité a la enorme sala desnuda donde pasábamos el recreo los días más fríos. De los baños contiguos llegaba un hedor irrespirable. Del de la derecha, el sonido de un llanto contenido.

—Maddalena... —susurré insegura. Seguí aquel sonido impreciso hasta el retrete del fondo—. Lo siento, Maddalena —dije empujando la puerta.

Una forma ovillada en la oscuridad se sobresaltó, y un denso haz luminoso le golpeó la cara.

—¡Vete!

La reconocí por los dientes torcidos y las trenzas de un castaño desvaído.

—¡Itala!

—¡Déjame en paz!

—¿Qué haces aquí?

—Solo quería asustarla —sollozó con la nuca contra las baldosas. Tenía la cara enrojecida de llorar y la nariz le goteaba. Las palabras le salían entrecortadas—. No lo he hecho adrede. Lo juro —gimoteó como una niña pequeña—. No puedo más. Giulia es mala. Pero no quería matarla. De verdad. No era mi intención. —Le brillaban los ojos—. No se lo digas a nadie —suplicó—. Por el amor de Dios, no lo cuentes.

—No llores. Llorar es de tontos —dije antes de cerrar la puerta.

Encontré a Maddalena hundida en la butaca frente al despacho del director, bajo el gran retrato de la familia real.

Estaba sentada con compostura, las rodillas juntas. Cuando me vio, se volvió del otro lado.

—Sé quién ha sido, lo sé.

—¿Por qué no estás en clase?

—Ha sido Itala. Me lo ha dicho ella.

Maddalena seguía mirando una estampa polvorienta del foro romano.

—Por favor... —le dije.

—¿Y qué?

—Pues que podemos contárselo al director, ¿no?

Se rio. Pero fue una risa tensa, patética.

—Da igual, a mí no me creerán.

—¿Y si te acompaño?

—Ni siquiera tú me has creído.

Una voz imperiosa salió del despacho:

—¡Merlini!

Maddalena se puso de pie, golpeó los zapatos contra el suelo y me dio la espalda.

—Vamos juntas —insistí.

—No te enteras de nada —dijo temblorosa—. Han dicho que he sido yo. Es lo que hay.

—Pero ¡no es verdad!

—La verdad que quieren creer es la única que les vale. Ya lo han decidido, ¿es que no lo entiendes?

Traté de cogerle la mano.

—Voy contigo. Tienen que creerme.

Se apartó con un gesto nervioso.

—¿Y tú quién eres? —dijo lanzándome una mirada torva—. Yo no te conozco.

14

Aquella noche cayó una lluvia rabiosa y gris, tan abundante que no se veía más allá de la acera. Siguió lloviendo sin parar durante días. El Lambro bramaba y se desbordaba. El agua arrastraba los árboles que crecían en la orilla, inundaba las bodegas destrozando cajas de vino y muebles viejos, y su caudal aumentaba con un limo fangoso y negruzco que se estregaba bajo los puentes y estriaba de tierra la piedra.

Yo pensaba: «Es lo mismo que me está pasando por dentro».

Los días sin Maddalena fueron desolados y absurdos. Días vacíos que se precipitaban unos sobre otros.

No había mantenido la promesa que le había hecho a Ernesto. No había sido capaz de permanecer a su lado. Y ahora, sin ella, estaba mutilada, desnuda e indefensa.

Sin Maddalena mi mundo moría.

Se sentaba en el pupitre de al lado, pero no me miraba. Su indiferencia era un dolor glacial que me cortaba la respiración. La profesora nos daba verbos para conjugar en latín, yo me ofrecía a ayudarla y ella escondía la hoja sin decir una palabra. Le dejaba mi tentempié sobre el pupitre, pues ella solo tenía una rebanada de pan negro, y al volver del recreo seguía allí, sin tocar. Le pedía «perdón, perdón, perdón», de mil maneras. Pero todo era inútil. Entonces abría la mano y me clavaba la punta del plumín en la piel delicada de la palma, con fuerza, hasta que sangraba. Le mostraba la herida y ella apartaba la mirada. Siempre se había negado a jugar a fingir y ahora fingía que yo no existía.

No me necesitaba. Prestaba atención a los profesores, tomaba apuntes de manera obsesiva y durante el recreo se quedaba en clase repasando la lección. Los docentes la ignoraban a causa de lo ocurrido con Giulia Brambilla, que entretanto había vuelto con la frente vendada y las muletas, pero no había querido hablar con nadie del accidente.

Por la tarde, después de clase, yo había adoptado la costumbre de ir al puente de los Leones a espiar a los Malnacidos desde arriba, como pocos meses antes, en otra vida que me parecía la de una persona distinta.

Esperaba que se sintieran observados. Pero no era más que un fantasma del pasado, una sombra olvidada.

Se me caía el alma a los pies. Volvía a casa y me encerraba en mi habitación haciendo caso omiso a Carla, que trataba de romper el muro que había erigido a mi alrededor. Mi madre pasaba fuera casi todas las tardes y cuando regresaba a casa lo primero que hacía era sonreír delante del espejo y retocarse el peinado. Nunca se interesaba por mí. Cantaba arias de opereta y comparaba su rostro con el de las actrices de las revistas. Si Carla le pedía dinero para comprar carne o leche, se lo dejaba al día siguiente sobre la mesa de la cocina sin decir nada. Parecía como si fingiera que vivía sola. Mi padre estaba preocupado porque el suministro de fieltro procedente de Forlí se retrasaba.

A veces me clavaba las uñas en los brazos y me arañaba para evocar las heridas que me hicieron los gatos durante aquel verano. Ese dolor, aunque por poco tiempo, ahuyentaba el otro. Sabía que a pesar de que nadie se pararía por la calle a apuntarme con el dedo y llamarme «bruja», era yo quien merecía pasar en compañía del diablo toda la eternidad. Me sentía como cuando había muerto mi hermano y debía ocultar una culpa inconfesable. Maddalena había confiado en mí y yo la había traicionado. Me había forjado la ilusión de ser valiente como los héroes de los mitos, de poder salvarla de todo, del fuego y la Hidra de las siete cabezas. En cambio, era culpable sin remisión, y durante unos pocos y terribles días deseé morir.

15

Hacia finales de noviembre ocurrió algo que nunca olvidaré. Maddalena permaneció en su sitio durante el saludo matutino y cuando la profesora le llamó la atención declaró:

—No pienso ponerme de pie por ese. Ni muerta.

El silencio que se hizo en clase fue como una sensación pegajosa en la piel, como el sudor de las tardes de verano cuando no corre un soplo de aire y te derrites hasta en la sombra.

Nos habían enseñado a querer al duce desde primero de primaria; habíamos aprendido de memoria cantilenas que comparaban su nacimiento con el del Niño Jesús y contaban la historia de su vida como si fuera una transfiguración.

A nadie se le había ocurrido discutir su existencia o el aura sagrada que lo rodeaba. El futuro no podía ser diferente del presente. El duce era eterno y siempre lo sería. Daba miedo pensar que podía desaparecer.

No me gustaban sus retratos colgados por todas partes: su cara siempre me había parecido un pulgar enorme, a pesar de que las demás decían que era guapo, que de mayores se casarían con él y besaban a escondidas la foto que guardaban en el cuaderno.

Pero nunca se me habría ocurrido negarme a hacer el saludo romano. No por creencias, respeto o admiración, sino sencillamente por costumbre, un convencionalismo como dar los buenos días y las buenas tardes. Se hacía y punto.

Maddalena, en cambio, se puso rígida y miró a la profesora a los ojos.

Me había enterado por mi madre, que a su vez lo había sabido de la modista para la que Luigia trabajaba, de que las cartas que recibían de Ernesto cada vez estaban más censuradas. En algunas solo podía leerse: «Te quiero. Ten fe».

Además, unos días antes, cinco carabineros se habían presentado al amanecer en casa de Matteo Fossati y se habían llevado a su padre para conducirlo al destierro entre los llantos y los gritos de su hermana y de su madre. La noche antes de que ocurriera, en la tasca, ebrio como una cuba de vino barato, el hombre había afirmado entre maldiciones que Gran Bretaña hacía bien en castigarnos.

Lo llamaban «asedio económico». Hacía pocas semanas, desde el 18 de aquel mismo mes, que habían entrado en vigor las sanciones que la Sociedad de Naciones había impuesto a Italia como castigo por haber declarado la guerra a Etiopía.

Y mientras la gente cantaba *Faccetta nera* y *Ti saluto (vado in Abissinia)* y hablaba con impaciencia de la prosperidad que la conquista del país africano llevaría consigo, llegaron las sanciones que prohibían vender productos italianos en el extranjero e importar material bélico, medidas que empobrecían a todo el país. En las calles se veían por todas partes carteles que exhortaban: COMPRA ITALIANO. Y pintadas en las paredes que decían: ABAJO LAS SANCIONES, FRANCIA Y GRAN BRETAÑA DISFRUTAN DE SUS IMPERIOS, ¿POR QUÉ ITALIA NO PUEDE HACER LO MISMO?, y VIVA MUSSOLINI. Carla volvía del mercado con pasquines en la bolsa de la compra que rezaban: EN NOMBRE DE MI DIGNIDAD DE FASCISTA Y DE ITALIANA, PROMETO NO COMPRAR NI HOY NI NUNCA PRODUCTOS EXTRANJEROS PARA MÍ Y MI FAMILIA.

En cambio, el señor Fossati, el padre de Matteo, iba por ahí diciendo: «Esta guerra solo sirve para que mueran un montón de buenos chicos y hacerse con un poco de arena. Los abisinios tienen razón. Somos nosotros quienes pretendemos meter las narices en casa ajena, porque eso hacen los fascistas: coger las cosas de los demás y repartírselas con sus amigos. Lo hicieron con mi carnicería y también lo harán con vuestras cosas. Y a nosotros, los pobres, solo nos quedan las migajas. ¡O los granos de la maldita arena de Etiopía!».

Alguien presente en la taberna debió denunciarlo y apenas una hora después de haber vuelto a casa los carabineros lo sacaron de la cama y tal cual se lo llevaron.

Maddalena permaneció sentada, orgullosa: en aquella postura veía arder su instinto de rebelión, que no había desaparecido y se había cansado de ocultar.

Una chispa de decepción le brilló en los ojos cuando la profesora se limitó a decirle:

—Haz lo que quieras. Ya veremos qué opina el señor Ferrari de tu insubordinación. —Como si la Malnacida temiera al director.

Tomamos asiento y la clase empezó. Tuve que cerrar los ojos y respirar profundamente antes de acercar la cabeza a la de Maddalena y susurrarle:

—¿Cómo estás?

Ella dio una especie de respingo.

—Muy bien. —Luego adoptó la misma expresión que cuando se quedaba mirando fijamente las ramas de los robles a los que hasta hacía poco trepábamos juntas y ella quería subir a las más altas, o cuando descendíamos por el parque y ella me apremiaba: «¡Más rápido!».

—Abrid el libro de gramática en la página cuarenta y dos.

Íbamos a repasar el predicado verbal y el nominal, que luego aplicaríamos al latín.

—Strada —dijo la profesora—, ponte de pie y lee los ejemplos en voz alta.

—«El duce es muy trabajador» —leí en tono firme y claro—: predicado nominal. «El duce guía a Italia»: predicado verbal.

—Muy bien —dijo la profesora golpeando el borde de la mesa con la regla—. Y ahora, ¿quién quiere probar a traducirlo al latín?

Lo preguntó con aire divertido, porque sabía que aún no estábamos capacitadas para traducir del italiano sin diccionario.

Un pupitre arañó el suelo produciendo un chirrido molesto. Maddalena se puso firme. Se aclaró la garganta antes de traducir.

—*Dux ducit Italiam in Erebo* —dijo, y añadió—: *Dux est scortum*.

La profesora palideció. Fue como si toda la sangre del cuerpo le hubiera ido a parar a los dedos de los pies.

—Fuera —balbució. —Maddalena permaneció quieta y en silencio; nosotras, inmóviles y mudas—. ¡Fuera! —gritó la profesora—. Fuera de aquí y no vuelvas jamás.

Maddalena amagó una reverencia.

—Sí, señora —dijo.

Las demás chicas se pusieron a murmurar mientras ella se dirigía hacia la puerta con pasos lentos, como la heroína de una novela subiendo al altar de su coronación.

Yo también me levanté, y tan deprisa que mi cartera se cayó al suelo con un ruido sordo. Todas me miraron: mis compañeras, la profesora, y Maddalena, que ya había empuñado la manilla, se giró. Me miró. Hacía tanto tiempo que no me miraba que tuve la impresión de exponer la cara al fuego.

El silencio era tan denso que podía tocarse.

Me costaba respirar.

—Ruego a Dios por el duce, por los soberanos y por nuestra querida patria —recité, como hacíamos todas las mañanas, y añadí—: Ojalá los mande a todos al infierno.

La Malnacida me esperó y salimos juntas; la profesora se había quedado sin fuerzas para gritar que debería echarnos a palos y que, de haber estado todavía en los tiempos del aceite de ricino y de las incursiones nocturnas, nos habría enseñado lo feo que era reírse sin dientes.

Maddalena cerró la puerta y los gritos cesaron de golpe.

Se acercó a la ventana que daba al patio, se sentó en el alféizar y me sonrió.

El vacío que me había embargado hasta entonces se llenó de cálidas oleadas que aumentaron hasta que tuve ganas de llorar.

Cómo la había echado de menos, Dios mío.

—No debiste hacerlo —me dijo—. ¿Qué pasará ahora?

—No lo sé y no me importa.

—¿No te importa?

—No.

—No podía más —dijo ella—. No podía seguir fingiendo. Es todo tan absurdo... ¿Te das cuenta?

—¿De qué?

—La guerra, levantar el brazo, decir lo que quieren que digamos y pensar lo que quieren que pensemos. Y respetar las reglas, comportarse como buenas chicas. —Tomó aire—. Me había cansado de repetir las palabras que ellos quieren oír. Ernesto lo dice siempre: «Las palabras son importantes, Maddalena. No se puede hablar sin pensar. Las palabras dichas sin pensar son peligrosas». Y tiene razón. Las palabras son poderosas. ¿No crees?

Me tragué el miedo y le pregunté:

—¿Qué has dicho antes en clase? Has hablado en latín y no estoy segura de haber entendido bien.

Se rio echando la cabeza atrás.

—He dicho que el duce es una puta.

TERCERA PARTE

La prueba de valentía

16

—Nadie debe enterarse.

Fue lo primero que dijo mi madre al salir del despacho del director. Iba muy maquillada, con el sombrero turquesa de velete y un vestido de fiesta completamente fuera de lugar, que se había alisado con las manos asintiendo como una colegiala juiciosa, al menos ella sí, durante todo el rato en que la profesora le había hablado de mi «imprudente manifestación de antiitalianidad».

Yo me había quedado de pie, apoyada contra la pared y con las manos juntas. No tenía permiso para rechistar. Mi madre habló por mí:

—Somos una familia respetable. No tenemos nada que ver con esto.

Cuando la puerta del despacho del director se cerró a nuestra espalda y nos quedamos solas, mi madre me arrastró hasta el retrato de la familia real, se detuvo a mirarme como si quisiera aplastarme y volvió a advertirme de que nadie debía enterarse de lo que había sucedido.

—Deja que te explique.

—¡Silencio! —gritó—. Cierra la boca. ¿Cómo es posible que no lo entiendas? —Negó con la cabeza y los pendientes de oro le golpearon las mejillas—. ¿Sabes lo que le espera a una chica con mala reputación? Más le valdría ahogarse en el río.

—Yo solo quería...

—¿Qué? ¿Qué querías?

—Hacerme oír.

—Infeliz. —Extendió el brazo para darme una bofetada y di un respingo. En cambio, me sujetó por la barbilla—. Tu deber es mantener la boca cerrada. Y esperar. Eso hace una chica como Dios manda.

—¿Esperar a qué?

Se encogió de hombros con una mueca cruel que no logré descifrar.

—Cuando seas mayor lo entenderás. —Su mano se demoró en mi cara, como si quisiera acariciarme, pero hubiera olvidado cómo se hacía—. Y aunque también esta vez tu padre prefiera fingir que no ha pasado nada, ya me ocuparé yo de zanjar este asunto tan feo. Por el bien de todos.

En casa, mi padre no dijo ni una palabra; me miraba fijamente, en silencio, con dureza, luego apartaba la vista. Durante la cena fue brusco y expeditivo y se levantó para acostarse sin ni siquiera acabarse la sopa. A la mañana siguiente, cuando él estaba a punto de marcharse, mi madre se puso delante de la puerta con los brazos cruzados.

—¡Basta! Tienes que decirle algo a tu hija. —Él me observó largo rato, con la misma mirada de la noche anterior; no era su mirada, no era mi padre—. ¿Y bien? —insistió ella.

—Tu madre quiere que te riña —dijo él—, pero no tengo ganas.

Mi madre se inclinó hacia delante y le gritó a Carla que le preparara el reconstituyente porque la cabeza estaba a punto de estallarle. Luego salió disparada hacia la cocina sin dejar de gritar: «¡Menuda casa de locos!».

—Pero te diré una cosa —prosiguió mi padre—: a medida que uno va creciendo aprende que a menudo trae cuenta no decir lo que realmente piensa.

—¿Cómo se hace?

—Guárdalo para ti. Custódialo. Incúbalo. Ahí puede estar a salvo.

—¿Y deja de quemar?

Sonrió. Una sonrisa cansada.

—Nunca. Eso nunca.

Al final me readmitieron en clase. Mi madre deambulaba por la casa sacando pecho y afirmando: «La próxima vez, acuérdate de que a tu padre no le importa la reputación de *su* hija». Gracias a ella, me habían dado otra oportunidad. Solo contó que le había pedido el favor a un amigo de mi padre, alguien influyente que había resuelto el asunto. Ningún profesor volvió a mencionar el episodio, como si nunca hubiera ocurrido. Mis compañeras empezaron a aislarme, a tirarme piedras en el patio y a llamarme «la subversiva».

A Maddalena, en cambio, la habían expulsado con sordina, sin llamar la atención. No les interesaba levantar una polvareda por el género de desobediencia que había demostrado. Debería haber agradecido a mi madre que por su intercesión yo no perdería el curso. Pero la verdad era que solo deseaba volver con los Malnacidos. Se lo dije a Maddalena y ella me preguntó:

—¿Estás segura de que tienes valor?

Quería asegurarse de que aún era digna de estar con ellos.

Matteo y Filippo le habían aconsejado que me escupiera como si fuera veneno. *Vardeten ben de chi t'ha bolgiraa una vòlta,** sostenía Matteo, que desde que su padre estaba lejos había empezado a hablar en dialecto con mayor frecuencia y a usar sus frases hechas.

---

* «A otro perro con ese hueso, que yo lo tengo roído». *(N. de la T.).*

Maddalena había replicado que sabía guardarse sola y que ella no se dejaba embaucar. La mejor manera de perdonarme era ponerme a prueba.

La tarde de la prueba de valentía hacía frío, un frío que te quemaba las mejillas y transformaba el aliento en niebla. En la calle las farolas estaban encendiéndose y las señoras con estolas de zorro volvían a casa tras las últimas compras.

—Baja la cabeza —me susurró la Malnacida.

Avanzábamos sobre los codos y las rodillas por el suelo de mármol de la verdulería, poco después de la hora de cierre. La luz amarillenta de las farolas entraba por los cristales del escaparate y la escarcha anidaba en sus esquinas, en la madera astillada, y enmarcaba las señales opacas que los niños habían dejado al acercar la nariz para echar un vistazo a los cestos de dátiles y jengibre confitado. El olor denso a judías se mezclaba con el aroma fresco de los cítricos. El señor Tresoldi cantaba *Parlami d'amore, Mariú* en la trastienda mientras hacía caja, la voz amortiguada por el cristal esmerilado de la puerta cerrada. Del patio llegaba el ladrido nervioso del perro encadenado.

La Malnacida iba delante, y yo veía la falda rota, el dobladillo del viejo abrigo de hombre y las suelas gastadas de sus zapatos. El helor áspero del mármol penetraba hasta las mangas del jersey; en la boca tenía el sabor ácido del miedo.

Cogí aire y en mi mente retumbaron las palabras de Maddalena: «Yo no le tengo miedo a nada».

Para entrar sin hacer ruido aprovechamos la campanilla, que había sonado al salir Maria, la criadita de los Colombo, con las bolsas colgadas de sus brazos de campesina. Luego nos escondimos detrás de las cajas de madera vacías; acurrucadas en el rincón, pudimos ver sin ser vistas. El señor Tresoldi se retiró a la trastienda para hacer caja y la tienda, de cuya puerta colgaba el letrero CERRADO, estaba silenciosa como el hueco de un árbol. Maddalena me miró con aquellos ojos tan oscuros y me dijo en voz baja:

—¿Estás lista?

Salimos de nuestro escondite y nos pusimos a gatear sobre el suelo helado.

Pensé en la cara del señor Tresoldi, en sus manos anchas de palmas agrietadas por las espinas de las alcachofas y las uñas llenas de roña, y el miedo me volvió a la boca.

Era amable cuando yo iba a la tienda con mi madre y ella le hacía un pedido de melocotones de piel aterciopelada, patatas, coliflores, nueces y, en verano, incluso fresas. Mostraba interés por lo que mi madre le decía, aunque fuera lo mismo que le había dicho la semana anterior. Se reía y me preguntaba si me gustaba ir a la escuela o si quería un caramelo de menta, que iba a buscar a la trastienda sin esperar a que le respondiera. Para no ofenderlo siempre decía «Gracias», tal como mi madre me había enseñado, me lo metía en la boca y exclamaba «Qué bueno». En cuanto salíamos de la tienda lo escupía.

El señor Tresoldi asentía satisfecho y con aire bonachón cuando mi madre sacaba el monedero y pagaba con antelación. En cambio, cuando se enfadaba, sobre todo con Noè, que había tropezado con la caja de tomates o se había equivocado al hacer la cuenta, sus gritos se oían al otro lado de la calle y me asustaba. Blasfemias, ruido de cosas rotas y chasquidos de bofetadas.

En aquel momento, el verdulero estaba cantando en la otra habitación, muy cerca de la puerta cerrada. La luz de la lámpara se filtraba por el cristal opaco y Maddalena me hizo una señal con la barbilla.

Las mandarinas estaban al fondo de la tienda, cerca de la caja registradora. Era un fruto codiciado, un manjar que ella y los Malnacidos solo recibían en Navidad, una cada uno, como regalo, bien por estrecheces auténticas, bien por disciplina y espíritu de sacrificio. En mi casa, en cambio, no eran tan extraordinarias; mi madre me compraba una bolsa apenas empezaba el frío, a pesar de que resultaran caras y de que mi padre dijera que eran un vicio y que los vicios debilitan el carácter. Pero nunca lo admitiría delante de los Malnacidos porque me habrían llamado *vessíga*, latosa, como si fuera una mosca que te zumba alrededor.

Nos arrastramos hasta nuestro botín, ella delante y yo detrás. Maddalena se levantó despacio, como un caracol que saca las antenas y sale de la concha en cuanto caen las primeras gotas de lluvia.

—Hemos llegado —dijo sujetándose con una mano el dobladillo de la falda y metiendo mandarinas en el hueco con la otra. Cuantas más mandarinas había, más apretaba el borde de la falda contra su cuerpo para evitar que se desparramaran por los lados y más descubría los muslos, fuertes y blancos.

El verdulero cantaba: «Meglio nel gorgo profondo, ma sempre con te. Sí, con te». Entonces me levanté y también me llené los bolsillos. Luego me metí un par en las bragas.

La Malnacida estaba a punto de echarse a reír, pero se contuvo y solo le salió un carraspeo ahogado.

En ese instante, oímos a nuestra espalda la campanilla que anunciaba la apertura de la puerta. Todo mi cuerpo se tensó: la luz amarillenta de la farola de la acera de enfrente perfilaba la sombra de Noè Tresoldi, que volvía de un reparto con tres cajas vacías.

Proferí un grito. Maddalena, al extender una mano para taparme la boca, soltó el borde de la falda; las mandarinas rodaron por el suelo provocando el mismo ruido que los guijarros desmoronándose en el agua cuando jugábamos a pillar en la orilla del Lambro.

—¿Quién es? —preguntó el verdulero.

Maddalena me sacudió. Yo estaba paralizada. Noè se agachó a recoger una mandarina que había rodado hasta rozarle un zapato. Maddalena se llevó un dedo a la boca.

—Chis —dijo. Luego me empujó detrás de las cajas de fruta de la entrada, al fondo, contra el expositor de los calabacines.

—¿Quién está armando este jaleo —gritó de nuevo el verdulero saliendo de la trastienda.

Maddalena apretó la cara contra las ranuras de las cajas de fruta. El corazón me latía con fuerza en las sienes.

—¿Qué has hecho? —gritó el señor Tresoldi—. Maldito *sbregun*. ¡Mira qué desastre!

Yo también miré a través de las ranuras de las cajas.

El señor Tresoldi se había quitado el delantal manchado de tierra y jugo oscuro. Se inclinó y cogió una mandarina. Ya no era una esfera perfecta y reluciente: se había magullado, como cuando se hunden los pulgares en la cabeza de una muñeca de celuloide y se forma un agujero de la anchura de una yema.

—¡Sinvergüenza! —gritó lanzándola contra Noè.

Se dirigió hacia él arrastrando el pie enfermo y pisando tan fuerte con el otro que el suelo tembló. Lo agarró del brazo y le dio una bofetada que chasqueó como el mazo de hierro contra la carne cruda.

Noè cayó sobre las mandarinas y se golpeó fuerte los codos y la barbilla contra el mármol. Su padre seguía llamándolo *sbregun*, patoso, dándole patadas en el costado, apoyado en la pared para mantenerse en equilibrio sobre la pierna inestable.

El chico trató de levantase. Sangraba por la nariz.

Sus ojos encontraron los nuestros, recortados por las hendiduras de las cajas de fruta vacías.

Apreté la mano de Maddalena. Ahora nos tocaba a nosotras. Noè se chivaría al señor Tresoldi, que nos molería a golpes y nos rompería las costillas a patadas.

Pero no ocurrió nada. Noè apretó la frente contra el suelo.

—Ahora limpia todo esto —le ordenó el señor Tresoldi.

Desapareció tras la puerta de cristal esmerilado apartando las mandarinas a patadas, como si la ira le hubiera resbalado hasta la punta de los zapatos, al pie cuyos dedos le habían cortado.

Noè se pasó el índice por debajo de la nariz y en el dedo le quedó una raya roja.

La mano de Maddalena estaba fría y seca. Brincó del escondite arrastrándome con ella. Noè nos miraba.

—Espera —susurré, pero ella cogió una mandarina y me empujó fuera de la tienda. Al otro lado de la puerta, el frío anunciaba la inminencia de la nieve.

17

Al día siguiente, Maddalena tomó dos decisiones importantes.

La primera: yo había superado la prueba, podíamos volver a ser amigas. La segunda: ella tenía una deuda pendiente, que saldaría a toda costa.

Cuando aquella tarde acudió a buscarme a casa, me dijo que le había robado a su madre unos ahorros que guardaba en un escondrijo, en la *schiscetta*, la fiambrera que su marido solía llevarse al trabajo, y me mostró un billete arrugado de cincuenta liras.

—¿Qué vas a hacer con él?

—Dárselo a Noè.

—¿Y si tu madre lo descubre?

—Me da igual.

—¿Si descubre que se lo has robado de su escondrijo?

—Te digo que me da igual.

Lo esperamos de pie en la acera de enfrente de la tienda, delante del estanco en cuya persiana había una pintada que rezaba: VIVA EL DUCE, VIVA ITALIA, ABAJO LAS SANCIONES. Me echaba el aliento en las manos para calentármelas.

—¿Cuánto tenemos que esperar? —pregunté.

—Lo que haga falta —respondió Maddalena.

En cuanto Noè salió de la tienda y se puso a atar cajas de fruta en el portaequipajes de la bicicleta, la Malnacida dijo «Vamos», cruzó a la carrera la calle y se detuvo frente a él. La alcancé jadeando y con la boca seca.

Noè nos dirigió una mirada fugaz y siguió a lo suyo. Tenía las manos grandes, de hombre hecho y derecho, con callos en los dedos y uñas redondeadas y bonitas.

—Esto es para ti —dijo Maddalena tendiéndole el billete.

—¿Qué es?

—Dinero. Por las mandarinas —repuso ella—, y también por la nariz y la cara.

—¿De dónde lo has sacado?

—No es asunto tuyo.

Él pasó una correa alrededor de la caja de fruta y la sujetó con el gancho al portaequipajes. Tenía un lado de la cara hinchado y debajo del ojo un moratón del color de las ciruelas maduras.

Maddalena seguía con el brazo extendido.

—No lo quiero.

—¿Tú sabes quién soy? ¿Sabes lo que puedo hacerte si no me obedeces? Te he dicho que lo cojas.

—Eres la hija de la señora Merlini —respondió Noè. —Ella asintió levemente—. Guárdatelo.

—¿Por qué no lo quieres?

—Guárdatelo, Maddalena —insistió asegurándose de que la caja estaba bien atada—. Antes de que tu madre lo descubra y antes de que mi padre regrese, que aún se acuerda de vosotras desde lo de las cerezas.

—A mí tu padre no me da miedo. Yo no le tengo miedo a nada.

Noè agarró el manillar y con el pie empujó el pedal hacia abajo. Me miró y tuve que hacer un esfuerzo para no bajar los ojos.

—Si queréis, podemos hacer una letra.

—¿Eso qué es? —preguntó ella.

—Lo que usan los adultos cuando tienen que pagar algo pero no tienen dinero. Y escriben «Pagaré».

—Pero yo tengo dinero.

—Y yo no lo quiero.

—Entonces ¿qué quieres?

—No lo sé —dijo—, aún no lo he decidido. —Se subió al sillín y se puso a pedalear.

Desapareció al final de via Vittorio Emanuele, más allá del puente de los Leones, con la caja de fruta tambaleándose en el portaequipajes.

Solo después de que Noè desapareciera entre la gente que se alejaba hacia piazza Duomo, Maddalena se guardó el billete de cincuenta liras.

—¿Has oído lo que ha dicho?

—Que no quiere el dinero.

—Eso no, lo otro.

—¿Qué ha dicho?

—Me ha llamado por mi nombre.

18

Estábamos en la balaustrada del puente de los Leones mirando la crecida del Lambro, que había alcanzado el punto más alto.

—Es cierto que hago que les pasen cosas malas a las personas —me dijo Maddalena.

—No vuelvas a ponerme a prueba —repliqué de golpe.

—No. —Me hizo un gesto para que me callara—. Lo digo en serio. Lo que te dijo Giulia Brambilla en el patio, sobre mi hermano y mi padre, y también sobre Anna Tagliaferri, es verdad.

Me contó que la primera vez que se había dado cuenta de que poseía lo que ella llamaba «poder de la voz» tenía siete años y estaba jugando con Dario en la cocina. Su hermano, apenas de cuatro, creía que Maddalena era una reina. La imitaba en todo. Aquel día estaban jugando a ser golondrinas: se subían a las sillas y saltaban al suelo como si fueran crías que aún no habían aprendido a volar. Luego Maddalena le dijo a Dario: «Ahora ya has aprendido. Si quieres, puedes volar por el cielo».

Él se subió a la mesa, se asomó a la ventana y se tiró. No se había caído sin más. Abrió los brazos, se volvió y le dijo: «Mírame».

La Malnacida se quedó en silencio con la mirada fija en los pies. Me la imaginé más pequeña, tan pequeña que cabía en un puño, sola en la cocina silenciosa, conteniendo la respiración hasta oír el golpe seco del impacto.

—¿Por eso tienes miedo?

—Yo no tengo miedo.

—Me refiero a que te da miedo jugar a fingir, a contar historias.

—A veces las cosas imaginarias que cuento se cumplen —dijo titubeante—, o la gente cree que se cumplirán y actúa en consecuencia. Como Darío, que se tiró por la ventana porque creyó que volaría. Y lo creyó porque yo se lo dije.

—No es culpa tuya.

—¿Y de quién es entonces?

—No lo sé —repuse encogiéndome de hombros—. Sucedió y punto. Las cosas malas pasan. —Pensé en mi hermano, que murió siendo aún una cosa pequeña y tierna, y en mi madre, que se pasó la noche pidiéndole a Dios que no se lo llevara—. La gente muere a diario por nada. Aunque reces y supliques. Y no es culpa de nadie —dije.

—Para mí no es lo mismo —me soltó.

Y me contó que cuando tenía diez años se peleó con su padre por una tontería: había usado el cordón de un zapato suyo para jugar con la peonza y lo rompió. Él se enfadó porque le tocaba ir a trabajar con un zapato sin atar y la castigó. Aquella noche, antes de acostarse sin cenar, ella le dijo: «Ojalá no vuelvas mañana».

También me contó lo de Anna Tagliaferri, una compañera del último curso de primaria. Se había puesto a golpearse la cabeza contra el pupitre hasta que la sangre y la tinta volcada se mezclaron y empezó a echar espuma por la boca. Solo porque se habían peleado y Maddalena le había dicho que no quería volver a verla.

Era como si en medio de las desgracias y la muerte que la rodeaban hallara consuelo en esa absurda convicción: la certeza de que ella las había causado.

—Así que si ahora me dices que me tire al agua y me ahogue, ¿crees que lo haré? —Se encogió de hombros—. ¿Y ya está?

—Sí, a veces es así. Otras es más complicado, tengo que explicártelo, convencerte. Como si fuera verdad. Una cosa tuya, ¿entiendes?

—Hazlo.

—¿Qué?

—Prueba a hacerlo ahora conmigo.

—No. —Hizo una mueca y los ojos se convirtieron en dos puntas de alfiler.

—Me fío de ti —insistí—. De verdad, solo quiero entender cómo...

—¡No! —gritó—. Nunca más lo haré. Y mucho menos a ti.

—No has provocado solo cosas malas —repliqué. Me miró sin rechistar—. El otro día, en clase —continué—, me levanté gracias a ti. Y me gustó. A pesar de que tenía miedo. Un miedo atroz. Pero fue bonito. Luego, me refiero a cuando llegué a casa. Y no me importa lo que piense mi madre. Ni siquiera me habría importado si me hubieran expulsado para siempre.

—No digas eso.

—Me sentía bien. Tenía la impresión de que pesaba menos, como cuando estás demasiado rato bajo el agua y por fin subes a respirar. Y también la primera vez que sangré. Fuiste tú quien hizo que se me pasara el miedo.

—Es diferente.

—Nunca creí que pudiera hacerse.

—¿Qué?

—Rebelarse —respondí—. Tú me lo has enseñado.

Se puso a balancear de nuevo las piernas, que colgaban del lado del río.

—¿Por qué no tienes miedo?

Dudé. Durante los días en que Maddalena había desaparecido de mi vida me había dado cuenta de la importancia de lo que nos unía. Pero no sabía cómo juntad párrafo. Los adultos hacían un uso desmedido de la palabra «amor», sobre todo cuando en clase nos hablaban de Mussolini. Nos decían que el duce «amaba a los niños» y nos preguntaban si nosotros también lo amábamos a él. Usaban justo esa palabra y la aderezaban con otras como «arder», «morir», «sufrir». El amor era la razón por la que las actrices del cine se agarraban a las cortinas. Teatro. Falsedad.

—Porque te quiero —le respondí entonces.

Luego me di cuenta de que Maddalena estaba llorando.

19

Diciembre era un mes que siempre había esperado con impaciencia. Cuando Carla giraba la página del calendario que colgaba de la pared de la cocina, junto a la heladera, yo empezaba a contar los días que faltaban para Navidad. Los tachaba con equis de colores con la esperanza de que pasaran más deprisa las horas que nos separaban del asado con miel y castañas, los regalos y las carreras en trineo por la pendiente de Villa Reale.

Aquel año ni siquiera me fijé en ello. Diciembre llegó con una nieve sucia que paleaban de cualquier manera en las calles y dejaban ennegrecer en las cunetas al lado de las bocas de las alcantarillas.

En las tiendas donde siempre se mostraban carteles publicitarios con niños felices que devoraban tajadas enormes de *panettone* Motta, ahora había otros de colores apagados, austeros, con una gran inscripción solitaria: LA NAVIDAD MOTTA ES LA NAVIDAD ITALIANA.

Fuera del ultramarinos y a la salida de misa de once, las viejas hablaban en voz baja de la guerra, que según ellas duraría para siempre. Los hombres se mantenían a distancia, apartados. Eran viejos encorvados que escupían en la nieve tabaco masticado. Blasfemaban contra Dios y contra lo que ellos llamaban «la gran infamia». Por culpa de Gran Bretaña y Francia, que entretanto disfrutaban de los territorios que habían conquistado y colonizaban a placer todos los países de África, no había té y mi madre se veía obligada a beber karkadé.

En clase, la profesora de historia había colgado un mapa de Etiopía sobre el que clavaba banderitas para señalar los lugares conquistados: el ejército avanzaba y nosotras rezábamos un avemaría y un padrenuestro por nuestros «valientes soldados».

El pupitre de Maddalena se había quedado vacío. Ella decía que no le importaba, pero yo sabía que en las cartas que le escribía a Ernesto seguía hablándole de exámenes y deberes, de asignaturas de las que sabía por mí. Les había hecho prometer a Donatella y a Luigia que no le dirían nada, y ellas habían accedido para no causarle más preocupaciones.

Maddalena me contaba que se escribían en código: él marcaba con una mancha de tinta las palabras que había que leer, así podía decir la verdad sin que la censura lo silenciara.

No quiero quejarme. *Luchar* se ha convertido en algo tan fácil como tomarse *la sopa. Es inconsistente* la estrategia de nuestros *enemigos. Nunca he tenido* amigos tan fieles como mis conmilitones.

Al final de las cartas, con una caligrafía que se parecía a la de la copia en limpio de primaria, siempre escribía las mismas frases: «Procura portarte bien. Cuida de Donatella y de mi Luigia. Ten fe».

El 18 de diciembre mi madre dijo:

—Vístete bien. Y tápate, que hace frío.

—¿Hay que ir a la fuerza?

—Es un deber.

—¿Por qué?

—Debemos ir y punto.

Salimos de casa derechas a piazza Trento, donde nos mezclamos con la gente que se agolpaba alrededor del monumento a los Caídos. Una vez ahí, me afané en buscar a Maddalena, pero mi madre me sujetaba de la muñeca, me arrastraba.

—Vamos.

En un momento dado, me detuve, clavé los pies en el suelo y me liberé de su presa dando un tirón.

—¡Suéltame!

Nos quedamos mirándonos como dos extrañas mientras la multitud nos empujaba. Se pasó dos dedos bajo la nariz congestionada por el frío y se limitó a decir:

—¿Qué has dicho?

Leía en sus ojos cientos de argumentos sobre la reputación, nuestro buen nombre, el juicio de los demás y las chicas juiciosas que nunca desobedecen a sus padres. Pero yo no era como mi padre, no lograba contenerme, guardarme las cosas para mí.

—Deja que me vaya, por favor.

Eché a correr sin volver la vista atrás.

Cuando me topé con Maddalena, me preguntó:

—¿Qué te pasa?

—Tenía miedo de no encontrarte —dije jadeando.

Observamos juntas a las viejas que subían con dificultad los peldaños de la estatua de bronce de los guerreros y el arcángel para donar su alianza de oro en nombre de la Patria y la Fe.

Cúmulos de nieve gris ensuciaban la plaza y blanqueaban la trompeta del ángel, que apuntaba hacia el cielo, y los escudos de los soldados de bronce apiñados entre sí. Una delegación de representantes de la asociación Combattenti e Reduci enarbolaba sus estandartes y la guardia urbana sostenía en alto el escudo de la ciudad, con la corona de hierro. Todas las autoridades, vestidas para la ocasión, custodiaban el yelmo colocado sobre el altar en cuyo interior las mujeres depositarían sus alianzas, al lado de los nombres de los caídos en un conflicto al que llamaban «la Gran Guerra» y en el que también había luchado el hermano de mi madre. Me acordé de cuando mi padre me subía al punto más alto del monumento, a pesar de que estaba prohibido, y me leía los nombres de los fallecidos. Yo fingía que eran mis amigos que habían jugado a ir a la guerra, que en realidad volverían a ponerse de pie, como niños que fingen morir de un balazo disparado por el índice de sus compañeros y luego regresan a casa a merendar. Me parecía extraño que una persona que había tenido un nombre y un apellido ya no existiera y solo fuera una inscripción que la lluvia desvaía. Mi padre me contó que por la base del monumento se accedía a un lugar secreto, protegido por una cancela, donde se guardaban dos botellas que contenían la arena y el agua del Piave. Un río sagrado, decía, al que incluso le habían dedicado una canción. Antes de volver a casa siempre se paraba delante de la entrada de la capilla y me leía en voz alta la inscripción: AQUÍ VENDRÁN LAS MADRES PARA MOSTRAR A SUS HIJOS LAS HERMOSAS HUELLAS DE VUESTRA SANGRE. La escribió un poeta que amaba Italia y significaba que la muerte de aquellos muchachos no había sido inútil, porque los italianos los recordarían. Pero no estaba segura de que mi padre lo creyera realmente.

Cuando se lo conté a Maddalena, me dijo:

—A nadie le importa la sangre derramada por los muertos. Todo el mundo se ha olvidado de la última guerra y solo la mencionan cuando les conviene. Ahora hablan de la nueva, ¿no te das cuenta?

Las mujeres iban vestidas de domingo y ocultaban el pelo bajo el velo. Subían los peldaños y dejaban caer la alianza en el yelmo.

A cambio recibían un anillo de hierro con la frase ORO PARA LA PATRIA grabada y un diploma con el haz de lictores.

La multitud hacía el saludo, quizá para moverse y entrar en calor. Maddalena se pasaba la lengua por los labios agrietados.

—Eso no significa tener fe —dijo.

Mi madre se había puesto el sombrero con la cinta dorada y los guantes blancos.

—Mira cómo se pavonea —le dije a Maddalena, señalándosela de lejos.

Subía muy tiesa hacia el yelmo de la ofrenda, arrebujada en su abrigo con el cuello de pieles. Pero yo sabía que donaría un anillo falso, chapado en oro, que había encargado adrede a Viganoni, el joyero.

La madre de Maddalena llevaba un chal que le azotaba la cara con cada soplo de viento.

—No quiero que también me quiten esto —decía acariciando la alianza opaca, rayada por el tiempo. Esta vez no podía añadir «Si el duce lo supiera» porque él mismo había pedido ese sacrificio a todas las mujeres italianas—. Ya no se respeta nada —repetía—, nada.

—Que no lo haga si no quiere —me susurró Maddalena al oído—. Nadie la obliga.

Pero yo sabía que no era tan sencillo. Mi padre me lo había explicado aquella misma mañana mientras mi madre frotaba con una lima de uñas la superficie del anillo chapado y nuevo para darle un aspecto usado. Lo que la gente hacía aquel día no era cumplir una orden explícita, una de esas órdenes cuyo desacato implicaba el fusilamiento y la eliminación del nombre entre los «merecedores de honor», sino lo que llamaban «una donación espontánea». Al que se negaba no le pegaban un tiro por la espalda, pero debería cubrírsela para siempre.

Hasta la reina había donado su alianza. Y Rachele Mussolini. Pirandello, la medalla del Nobel, y D'Annunzio una caja con oro. Si uno era un buen italiano, hacía una donación.

Maddalena se restregaba las manos heladas. Me quité los guantes y se las froté con las mías.

—Métlas en mis bolsillos para calentarte —dije.

Me abrazó, y cuando sentí su aliento tuve la impresión de que el frío desaparecía.

Su madre subió con dificultad la escalera del monumento, con el chal y el vestido negro, como si fuera una golondrina muerta de frío. Permaneció un buen rato cerca del altar tratando de quitarse el anillo. Un chico se agachó a recoger un poco de nieve con la que se humedeció los dedos. Luego le cogió la mano y se la frotó hasta que la alianza resbaló y le cayó en la palma. Pero no fue él quien la arrojó al yelmo. Se la devolvió y retrocedió llevándose una mano al ala del sombrero e inclinando la cabeza en señal de respeto. La madre de Maddalena, perpleja, lo miró fijamente, luego besó su alianza y la dejó caer en el montón.

Fue entonces cuando Donatella nos reconoció de lejos y se abrió paso entre la muchedumbre del brazo de Tiziano.

Tenía la piel enrojecida por el frío e iba muy bien peinada.

—Voy a donar la cadenita de la confirmación —dijo.

—Buenos días, señoritas —dijo Tiziano con su sonrisa de estatua griega.

—¿Y vosotras? ¿No donáis nada? —preguntó Donatella arreglándose el pelo; luego, dirigiéndose a su hermana, añadió—: Tú tienes el colgante de la comunión. Podría habérsete ocurrido.

Por toda respuesta, Maddalena se encogió de hombros; yo hice lo mismo.

—Solo son chiquillas —dijo Tiziano—. No van a marcar la diferencia. Hala, vamos.

Atrajo contra sí a su novia y mientras se alejaban trató de meter los dedos entre los botones del abrigo de ella.

—Para, que nos están viendo —dijo Donatella riendo.

Antes de que la multitud se los tragara, oímos que Tiziano le respondía:

—Te he prometido que me casaré contigo.

Entonces ella le permitió que le besara el pelo, las mejillas y el cuello.

20

Faltaban dos días para Navidad y la nieve caía abundante, cubriendo las cosas como si quisiera hacerlas desaparecer; teníamos el parque cercano a la parada del tranvía solo para nosotros. Reinaba un silencio extraño y los olores se habían intensificado: el de los guantes de lana humedecida por las bolas de nieve; el del sudor que emanaba del interior de los abrigos gruesos y el de la pegajosa resina de los árboles. La Malnacida se columpiaba al tiempo que les daba patadas a los montones de nieve; Filippo y Matteo, apoyados en la estructura de madera, hablaban de regalos y de la guerra.

—Cuando sea mayor quiero ir —dijo Filippo—, así aprenderé a disparar con el mosquetón y también me quedaré con las mujeres de los enemigos.

Esperaba que ese año su padre le regalara un tren de hojalata y un fusil de verdad, con balas; en los encuentros de los sábados había demostrado que sabía disparar como un hombre. Matteo, por su parte, solo deseaba que el suyo volviera del destierro; el hombre no escribía a su familia porque no sabía leer ni escribir. Desde que se habían llevado al padre de Matteo, los dos chicos discutían a menudo. Armaban gresca por cualquier tontería: entre otras, por a quién le tocaba columpiar a la Malnacida, o cuál de los dos se comería la única galleta entera de las que Filippo había hurtado de la cocina y había llevado desmigajadas en un pañuelo con las iniciales bordadas. Se insultaban, se llamaban con motes ofensivos. Matteo decía que, de mayor, Filippo se volvería como los carabineros que habían detenido a su padre: un vendido y un cobarde; Filippo replicaba que Matteo era un ignorante y que se convertiría en un don nadie, igual que su padre. Se pegaban, rodaban por la nieve, se daban patadas. Maddalena intervenía para separarlos.

—¡Basta! —gritaba ella, y les daba sendas collejas—. Lo único que sabéis hacer es repetir lo que dicen los demás. —Y como era ella la que se lo pedía, al final hacían las paces a regañadientes. Solo había una cosa sobre la cual ambos estaban de acuerdo: la guerra hacía de uno un hombre hecho y derecho, porque nadie crece del todo hasta que no ve la sangre.

Maddalena llevaba su viejo abrigo de hombre abotonado hasta el cuello. Hizo un círculo en la nieve con la punta del pie y dijo:

—No es necesario ir a la guerra para ser un hombre.

—¿Y qué me dices del honor? —dijo Filippo.

—Puede haber honor sin guerra. Y sin el duce —replicó ella.

Matteo se metió las manos bajo las axilas para calentárselas y se sorbió la nariz.

—Me importa un pimiento el duce. Pero quien quiera llamarse hombre debe ser capaz de matar. Con guerra o sin ella.

—Son cosas de hombres —añadió Filippo—. Tú no puedes entenderlo.

Se hizo el silencio. Un montón de nieve cayó de una de las ramas más altas con un ruido atenuado.

Desde aquella vez en que sangré en el Lambro, Matteo y Filippo habían empezado a mirarnos de otra manera, a buscar las diferencias que los separaban de nosotras. Y desde que Maddalena había decidido readmitirme en el grupo, a pesar de que ellos no estaban de acuerdo, habían comenzado a cuchichear y a callarse de golpe cuando nos acercábamos, con la excusa de que hablaban de «cosas de hombres».

Estaban convencidos de que Maddalena y yo les ocultábamos un secreto. De ahí que decidieran inventarse el suyo para no ir a la zaga.

Maddalena se rio.

—¿Os creéis capaces de matar a alguien? —preguntó.

—¿No te lo crees? —respondió Matteo.

—Pero ¡qué sabrá ella! —Filippo soltó una carcajada malvada—. Lo dice porque nunca podrá ir a la guerra, ni siquiera de mayor, y tendrá que quedarse aquí buscando marido para darle hijos que se convertirán en soldados. Mi hermano mayor afirma que lo único que tienen que aprender las mujeres es a entregarse sin pedir nada a cambio, como las mujeres del duce, porque los hombres, cuando quieren una cosa, la cogen y punto. Mi padre también nos lo dice siempre.

Maddalena saltó del columpio y fue hacia él.

Filippo retrocedió tan deprisa que tropezó con el palo de madera y se cayó. La espalda se le hundió en la nieve.

—Ahora tienes miedo, ¿eh? —La Malnacida estaba tranquila. Filippo jadeaba, con los brazos abiertos y echando vaho por la boca.

—Va, pégame.

—No hace falta —dijo ella—. Sabes muy bien que te gano.

—Esa te ha cambiado —dijo él. Se levantó y se sacudió la nieve de encima. Por un instante reconocí los ojos de su padre en la claridad de los suyos; los dos tenían la misma manera de mirar las cosas, como si les pertenecieran—. No sois más que mujeres. No sabéis qué significa matar —masculló con rabia.

Era la primera vez que uno de ellos empleaba aquella palabra, «mujer», para dirigirse a Maddalena. Hasta entonces nunca lo había sido. Al menos, no para ellos.

—Las mujerucas sois vosotros, que no os enteráis de nada —soltó Maddalena. Me cogió de la mano—: Vámonos.

Corrí con ella hacia la salida del parque; la nieve crujía bajo las suelas.

—*El can furestee cascia el can de paiee!** —gritó Matteo a nuestra espalda, como si la Malnacida fuera una cosa de su propiedad y yo fuera un enemigo llegado de quién sabe dónde con la intención de echarlos y quedármela.

Maddalena no me soltó la mano durante todo el trayecto hacia el puente. En las esquinas de las calles había puestos de castañas y *castagnaccio* de los que se alzaba un humo denso; los cristales de la tiendas estaban empañados por el aliento de las mujeres que hacían las últimas compras, y cuando sus puertas se abrían llegaban hasta la calle las canciones de guerra que la radio emitía; el agua de las fuentes se había helado y la del Lambro era gris como el cielo.

Maddalena se detuvo a la altura del puente de los Leones. Respiraba entrecortadamente y tenía las mejillas rojas de la carrera.

—Después de la misa del gallo comeremos *panettone* con crema. Le he dicho a Donatella que te guarde un trozo. Si quieres, nosotros vamos a San Gerardino, a la de medianoche.

La misa del gallo era una cosa de adultos a la que nunca me habían permitido asistir.

Mi madre decía que no estaba bien visto que una niña permaneciera despierta a esas horas, pero la verdad era que quería lucirse sin estar pendiente de mí.

---

*«De fuera vendrá quien de casa nos echará». *(N. de la T.)*.

La misa de Nochebuena era una ocasión para mostrarse ante la ciudad. La gente iba a mirar, a dejarse ver y a criticar a los ausentes. En la catedral, los asientos estaban reservados: los de delante eran para el secretario local del partido, que acudía uniformado, y su familia; el *podestà*, las demás autoridades ciudadanas y los carabineros. En Navidad, las tres primeras filas de bancos eran completamente negras.

La noche de la víspera de Navidad, cuando mi madre entró en mi habitación, me encontró acostada, con las mantas subidas hasta el cuello y la luz apagada.

—Levántate. Ya eres mayor. Este año nos acompañarás a misa. Y no te duermas, que eso no está bien.

Me quedé de piedra y solo atiné a decir:

—Tengo que vestirme.

La verdad es que ya estaba vestida. Me había metido en la cama con la falda, la blusa y los calcetines para salir a escondidas y reunirme con Maddalena.

En cambio, tuve que levantarme e ir con ellos. Fuera había un cielo de tinta y el aire era gélido, suspendido. Las calles, heladas y silenciosas, se hallaban sumidas en la iluminación navideña.

Cuando llegamos a piazza Duomo, mi madre dijo: «Mantén la compostura». En los intervalos silenciosos entre los tañidos de las campanas, los tacones de las señoras repiqueteaban en el adoquinado. Fuera de la iglesia, los hombres se agolpaban fumando puros y hablando de dinero, guerra y mujeres.

Dentro, el olor a incienso era tan fuerte que daba náuseas, y el sonido sombrío del órgano cubría las malas palabras de los que se habían quedado sin un sitio considerado de prestigio.

Nos acomodamos en el banco de la cuarta fila, detrás de los Colombo.

Estaba toda la familia: Filippo, Tiziano y sus padres.

Tiziano se dio la vuelta y me sonrió antes de seguir cantando en latín girado hacia el altar. Tenía una voz muy bonita y por un momento pensé que así debían de cantar los ángeles que se sentaban al lado del Señor en el paraíso.

El sacerdote lucía paramentos de oro, hablaba de Dios, de la patria y la familia. Todo me parecía falso, inventado: una representación escolar.

Después de cantar el gloria, me quedé de pie. Mi padre me miró sin decir ni una palabra.

—Siéntate —susurró mi madre apretando los dientes—. Siéntate ahora mismo.

Era la única persona que seguía de pie y todo el mundo callaba. Solo se oían las palabras del sacerdote y la vibración de las últimas notas del órgano. Si me marchaba, toda la ciudad me vería.

—Lo siento —le dije a mi padre—. Tengo que irme.

Me escabullí del banco y eché a correr. Crucé la nave central pisando el mármol negro que te mandaba al infierno.

Fuera soplaba un viento que cortaba la piel desprotegida de la cara. Piazza Duomo estaba silenciosa y oscura, helada. Bajé a la carrera por via Vittorio Emanuele, crucé el puente de los Leones, costeé el Lambro y me detuve pasado el puente de San Gerardino. El claustro estaba oscuro, apenas se oían las voces quedas de un canto desnudo, a capela.

Entré: la iglesia era pequeña, estaba poco iluminada.

Maddalena se encontraba en la penúltima fila con Donatella, la señora Merlini y Luigia.

—Creía que no aparecerías —dijo al verme. Yo jadeaba y tenía calor—. ¿Has venido corriendo? —Se rio—. Siéntate.

Donatella se acercó a su madre para hacerme un hueco. Luigia me dijo:

—Feliz Navidad.

La misa de la catedral era una ceremonia que se celebraba para despertar admiración, para quienes ignoraban a Dios y en cambio se preocupaban por exhibir su fervor a los ocupantes de las primeras filas, por cantar mejor y más alto que los demás. La de San Gerardino, sin embargo, era una ceremonia para ser escuchada, para los que necesitaban realmente a Dios.

Durante la liturgia, Maddalena también se arrodilló. Se dirigía al Señor a su manera, como si Dios estuviera sentado a su lado, no en lo alto del cielo.

Había decidido creer, y cuando se empecinaba en algo no se apartaba de su objetivo. Quizá hablando con Dios se sintiera más cerca de Ernesto porque sabía que en algún lugar él estaba haciendo lo mismo.

Las suelas empapadas de nieve habían mojado el suelo de mármol de debajo de los bancos. El sacerdote decía: «Esta es una noche de esperanza».

Me desplacé un poco para estar lo más cerca posible de Maddalena. Luego me arrodillé, uní las manos y apoyé la barbilla en ellas. Traté de rezar. Recé por Ernesto y para que acabara la guerra. Recé por la fábrica de sombreros e incluso por mi madre. Recé por mi hermano, que ya no estaba entre nosotros y que nunca sabríamos en qué se habría convertido de haber sobrevivido. Y recé por Maddalena. Con ella lograba creer incluso en lo que hasta entonces había considerado inverosímil o absurdo, como el hecho de que el Señor me quisiera incluso a mí, a pesar de que yo también ocultaba una culpa. Gracias a ella creía que también había salvación para mí. Ella lo iluminaba todo.

Llegamos a casa de los Merlini pasada la una. Nunca había estado despierta hasta tan tarde; el sueño se había convertido en una sensación oprimente en la base de la nuca que aligeraba los pensamientos y hacía que me sintiera mayor.

Nos dispusimos alrededor de la mesa de la cocina, sin mantel. Entretanto, Luigia abrió el embalaje azul del *panettone* Motta y Donatella colocó en la mesa un cuenco de cristal con la crema de mascarpone. Se movía con lentitud, como si algo le pesara, y hablaba poco, solo respondía «sí» o «no» cuando su madre le preguntaba alguna cosa.

Era extraña una casa sin hombres. Me pareció más vacía y silenciosa. Persistía el olor a tierra mojada porque Luigia había empezado a fumar el tabaco barato que le gustaba a Ernesto.

Luigia acabó de abrir el *panettone* y me ofreció una porción. Lo llamaba «Pan del Toni» por la leyenda de un tal Antonio que trabajaba en la cocina de los Sforza y lo había creado para corregir una equivocación.

—Dime si te gusta —me preguntó con un tono delicado y triste. Y me sirvió una cucharada de crema en el plato. Levantó el molde de cartón que rodeaba el *panettone* y dijo—: Trae buena suerte. —Y se lo puso a Donatella sobre la cabeza, a modo de corona.

Esta sonrió un poco y lo rozó con los dedos.

—Gracias —dijo. Tenía los ojos llorosos.

Nos comimos el *panettone* con la crema. Estaba rico, pero aparté los trocitos de fruta confitada. Luego había mandarinas porque era Navidad, una para cada uno. Maddalena le quitó toda la piel sin romperla y colocó los gajos en fila sobre el plato antes de comérselos. También peló la mía.

—Puedes incluso tragarte las pepitas, que la historia de la planta es mentira —dijo, y añadió susurrando—: Estas no están tan buenas como las de la otra vez. —Ninguna de las dos había vuelto a mencionar las pocas mandarinas que habíamos conseguido robarle al señor Tresoldi la tarde de la prueba de valentía y que nos habíamos comido deprisa mientras huíamos. Cuando Maddalena se acabó los gajos, chupó la piel y se puso a masticarla frunciendo los labios.

—Toma, yo no quiero más —le dije ofreciéndole la mitad de mi mandarina.

Me dio las gracias, se la metió entera en la boca y tragó con ansiedad; luego recogió los trocitos de fruta confitada que me había dejado en el plato y al final se chupó los dedos embadurnados de azúcar.

—Eres una derrochadora —me dijo.

—Siempre se acaban demasiado deprisa —dijo Donatella jugueteando con los restos de la mandarina.

—¿El qué? —pregunté de golpe.

Maddalena aplastó entre dos dedos una piel de mandarina cerca de mi cara y me salpicó los ojos de jugo.

—Eh —protesté.

Se rio.

—Las cosas buenas —respondió Donatella sin levantar la vista del plato—. Nunca duran bastante. —Parpadeó deprisa, le temblaba la voz—. Se van y solo dejan su sabor.

—¿Estás llorando? —preguntó Luigia.

—¿Eres tonta? ¿Lloras por una mandarina? —dijo la señora Merlini, que acababa de rebañar con un dedo el cuenco de crema de mascarpone.

—Vamos, que aquí estoy yo —dijo Luigia inclinándose para abrazarla. Donatella se puso a recoger en silencio las migas de la mesa. La señora Merlini juntó las pieles de mandarina y las echó a la estufa.

—Despiden buen olor —dijo.

Maddalena señaló fuera.

—¡Dios mío, cómo nieva! —Saltó de la silla, fue a la ventana, la abrió y salió al balcón descalza y en blusa.

Habían empezado a caer copos grandes y copiosos, nítidos contra el cielo.

—Cerrad la ventana, que hace frío. —La señora Merlini se arrebujó en el chal. Las cortinas se hinchaban con el viento, la varilla de metal que las mantenía tensas golpeaba el fondo de los muebles y la nieve se derretía sobre las baldosas de la cocina.

Salí con Maddalena a mirar la nieve, que ella trataba de coger con las palmas abiertas y la lengua fuera.

—Está rica —dijo.

—Hay mucha. Cuaja bien —dije señalando la calle, donde la luz de las farolas se desvanecía entre los copos, que parecían bolas de algodón. Me eché a reír—. No sabía que la nieve pudiera comerse.

—Pruébala —dijo Maddalena sacando la lengua y diciendo «Aaah» con la boca abierta mientras perseguía los copos como si quisiera cogerlos al vuelo.

—¡Estáis locas! Entrad o pillaréis un resfriado —gritó Luigia desde dentro.

—Pero ¿habéis visto cómo cae? Es preciosa —dijo Maddalena—. Y no se oye nada. —Los pies se le habían puesto morados, pero no le importaba.

Luigia se echó el chal sobre la cabeza y salió con nosotras.

—Hace un frío de perros aquí fuera. —Respiró hondo—. Parece como si estuviéramos solos en el mundo. —La nieve se le posaba sobre el pelo, sobre las pestañas, largas y negras—. A Ernesto le gustaría.

Maddalena me contó que el día en que sus padres se casaron nevó. Su madre le dio el velo a su padre para que lo usara como bufanda porque hacía mucho frío, y antes de ir a la iglesia él se había quemado la lengua al probar la sopa que había preparado para calentarse, así que cuando llegó el momento de dar el sí en el altar no podía hablar.

—¡Luigia! Cierra esa ventana, por Dios —imploró la señora Merlini. Llegó hasta el umbral del balcón y se detuvo; la luz de la cocina recortaba su sombra con nitidez—. Qué bonita es, ¿eh? —Ella también parecía feliz, los ojos entornados hacia el cielo. Luego, de repente, los bajó y miró a Maddalena. La miró de verdad. Extendió un brazo hacia ella y le sacudió la nieve del pelo—. Adentro, que vas a enfriarte.

Maddalena se tensó y se quedó quieta, con la boca abierta, sin rechistar, como si por un instante hubiera visto un fantasma invocado por un recuerdo y tuviera miedo de asustarlo con solo respirar. La señora Merlini no buscó los ojos de Maddalena y no añadió nada. Volvió dentro a recoger la mesa.

Entramos al calor acogedor de la cocina. Teníamos las palmas y las mejillas moradas, y los copos se nos derretían en la piel caliente. Maddalena me quitaba con manos temblorosas los que se me habían metido por la nuca. Los dedos le olían a mandarina.

—¿Dónde está Donatella? —preguntó en un momento dado.

Su silla estaba vacía. Había dejado su porción de *panettone* en el plato, sin tocar.

Salimos a buscarla a la galería, Maddalena delante y yo detrás; Luigia y la señora Merlini se quedaron recogiendo la cocina.

Del retrete salía la luz blanca de la bombilla encendida, que formaba una franja más allá de la puerta entornada. Nos acercamos. Maddalena se movía con el mismo sigilo que cuando quería robarles las lagartijas a los gatos del Lambro.

Empujó la puerta, despacio, sin hacer que chirriara.

Donatella estaba de rodillas frente al agujero del retrete, las piernas blanquísimas en el suelo, la corona de cartón del *panettone*, un poco torcida, aún en la cabeza, y lloraba. Cada vez que respiraba se daba un puñetazo en la barriga y gemía suavemente. Escupió en el agujero sucio, se limpió los labios con el dorso de la mano y reanudó los golpes en la parte baja del vientre, una y otra vez, como si siguiera el ritmo de una cantilena para niños.

—¿Qué te pasa? —preguntó Maddalena.

Donatella se volvió: tenía la cara desfigurada y el horror en la mirada.

—Nada, nada —se apresuró a responder poniéndose de pie y alisándose la falda.

—Estabas llorando.

—Qué va. —Esbozó una sonrisa forzada—. Solo tengo un poco de náuseas. Este maldito frío debe de haberme cortado la digestión. —Trató de arreglarse el pelo con gestos desmañados; el caracolillo que solía llevar sobre la mejilla se le había deshecho y la melena estaba humedecida de sudor. La corona de cartón se le cayó al suelo. La dejó allí y se abrió paso entre nosotras para volver rápidamente a casa.

Maddalena y yo nos quedamos mirándonos en la puerta del baño, como buscando una explicación la una en la otra.

—Tú también lo has visto, ¿no? —dijo.

Asentí, pero no lograba hablar. Tenía la sensación de que habíamos espiado un secreto, algo sucio y misterioso que nos venía demasiado grande. Algo que solo habría traído desgracias.

Cuando volví a casa encontré la luz encendida, a mi padre sentado en la butaca de la entrada, con las manos sobre las rodillas, y a mi madre, todavía vestida de fiesta, con los dedos entre el pelo, los codos en la mesa y una botella de *amaro* delante.

—¿Cómo has podido hacer una cosa así? ¡Desgraciada! —gritó levantándose de golpe.

Del piso de abajo se pusieron a golpear el techo con la escoba y a gritar que dejáramos de armar jaleo.

Mi padre se levantó, se pasó las manos por los muslos, como si se sacudiera el polvo, y dijo:

—Lo importante es que esté bien. Ahora vamos a dormir. Ya hablaremos mañana.

Cerró la puerta con llave, se la metió en el bolsillo de la bata y fue a acostarse.

—Tu padre se lava las manos, como de costumbre —dijo mi madre apurando de un trago el licor que quedaba en el vaso—. Pero esta vez no te irás de rositas, señorita. De ahora en adelante no saldrás de casa sin que yo lo diga. Y ten cuidado con lo que haces, porque voy a vigilarte.

—Lo siento —traté de decir, con el miedo a flor de piel; si mi madre ponía en práctica su amenaza, no podría ver a Maddalena.

—No tienes ni idea de cómo nos has hecho quedar. Nos han preguntado por ti al acabar la misa. La señora Colombo, ¡y hasta el párroco! La gente nos miraba. ¿Dónde has estado?

—En casa de Maddalena —solté.

—¿De quién? —gritó.

—De la Malnacida. Hemos comido *panettone*. Ha sido bonito —respondí mirándola a los ojos.

Mi madre soltó una carcajada que me asustó.

—Pues espero que te hayas despedido como es debido porque no volverás a verla.

Al otro lado de la puerta de la habitación de mis padres, la discusión se alargó un buen rato. Tumbada en la cama y aún vestida, seguía las sombras intrincadas que se movían en el techo y pensaba en la nieve que se derretía en la lengua, en Maddalena masticando la piel de la mandarina y en su hermana dándose puñetazos en la barriga mientras lloraba. Me dieron ganas de rezar. De pedir a Dios: «Protégelos a todos, por favor».

Pasé en casa todas las fiestas de Navidad. Mis padres salían a cenar invitados por los Colombo u otras «personas importantes», pero nunca me llevaban con ellos.

También pasé en casa la Nochevieja, jugando al Giro dell'Africa orientale en cuarenta y ocho casillas con Carla, que me decía en dialecto:

—Lo siento mucho, *tuseta*, mi niña, pero si te dejo salir ahora me echan.

Pero lo peor era que no contaba con ningún medio para avisar a Maddalena. ¿Y si creía que la había abandonado? ¿Y si luego no quería seguir siendo mi amiga? Me consumía, imploraba, prometía que si me dejaban salir, aunque solo fuera una hora, no volvería a pedir nada más, ni siquiera por mi cumpleaños. Si al menos me hubieran permitido escribirle una carta... No fue así.

Luego, un día, debía de ser el 5 de enero, la víspera de la *befana del Duce*, la Navidad de los pobres, alguien llamó al timbre mientras yo trataba de resolver un problema —«Diez Piccole Italiane compran medio kilo de galletas cada una y se gastan 2,25 liras...»— sentada a la mesa del comedor.

—Debe de ser el verdulero —dijo Carla yendo a abrir.

Me sentí morir. Por poco no vuelco el tintero sobre el cuaderno de los deberes al salir disparada tras ella. Noè Tresoldi, con los rizos aplastados por la humedad, ocultaba media cara tras la caja de fruta y verdura que sostenía entre los brazos.

—Una entrega para la señora Strada.

—Puedes dármela a mí —dijo Carla—. ¿Cuánto es?

—Hola —dije con la respiración entrecortada.

—Hola —respondió, y añadió, dirigiéndose a Carla—: Veinte liras con sesenta y cinco céntimos, señora.

—Señorita —lo corrigió ella en tono benévolo.

Caí en la cuenta de que todavía iba en camisón y con bata de lana. Me apresuré a atarme el cinturón y a cubrirme el pecho.

—Tengo que decirte una cosa —le avisé.

—Yo también.

Carla me miró, luego lo miró a él. Le quitó de las manos la caja de fruta.

—Voy a dejarla en la cocina. Vuelvo enseguida con el dinero. Bueno, puede que necesite un momento para encontrarlo. —Desapareció cantando «Dammi un bacio e ti dico di sí. Nell'amor si comincia cosí».

Noè me miraba fijamente con los ojos entornados.

—Dile a Maddalena que estoy castigada. Por eso no he podido ir a buscarla. Se lo dirás, ¿verdad?

Se frotó las manos y exhaló el aliento sobre ellas.

—Sí.

—Creía que vendría a buscarme, pero no lo ha hecho. Ni siquiera una vez. Quizá piense que no quiero verla o que me he olvidado de ella. Pero no es así. En absoluto. ¿Podrías decírselo también?

—No ha venido a buscarte porque ha pasado algo —dijo él retorciéndose la bufanda con los dedos. Se sorbió la nariz—. No te has enterado, ¿verdad?

—¿De qué? —pregunté conteniendo la respiración.

—De lo que quería decirte: su hermana se tiró al Lambro el otro día.

—Lo sabíais. Lo sabíais y no me lo dijisteis.

Nunca les había hablado así a mis padres, nunca me había atrevido. Pero pensar en Maddalena me encendía.

—No son cosas de niños —dijo mi madre, tranquila, mientras bebía a sorbos su karkadé. Sujetaba el plato con una mano y la taza con la otra, como en las ilustraciones de los libros de urbanidad—. Además, no está bien llevar a la propia casa las desgracias ajenas.

Mi padre se ocultaba tras el *Corriere della Sera*, y entonces mi madre carraspeó discretamente. Él bajó el periódico y se pasó la lengua por los labios, indeciso.

—Francesca...

—Quiero ir a verla.

—¿Qué? —Mi madre dejó caer la taza en el plato. Se volvió hacia mi padre—. ¿La has oído? A ver si sabes de quién ha aprendido a ser tan impertinente.

—Quiero ir a ver a Maddalena.

Carla estaba en la cocina, se oía el entrechocar de las tazas en el fregadero.

—Ni hablar —dijo mi madre—. Te lo advertí: a esa chiquilla no vuelves a verla.

Donatella se había tirado del puente de los Leones en Nochevieja y había permanecido en el agua el tiempo que dura un rosario entero antes de que lograran rescatarla. La habían sacado cubierta de barro negro, los labios y la piel amoratados, la ropa empapada, la mirada perdida, temblando como un gatito recién nacido. Desde entonces no hablaba, ni siquiera al cura que había acudido a su casa para bendecirla y al que Maddalena había echado a patadas diciendo que la bendición se les daba a los moribundos y Donatella no se estaba muriendo. Sin embargo, no se levantaba de la cama, tapada hasta los ojos, con fiebre alta y un sudor frío que le provocaba temblores.

No me dejaron salir hasta que se reanudaron las clases, el 9 de enero, porque el 8 se celebraba el cumpleaños de la reina Elena y aún era festivo. Cuando mi madre me dijo que rezara por su salud, deseé que se muriera, pues por su culpa iba a pasar un día más sin Maddalena. La mañana del 9 salí antes de las siete y corrí sin parar hasta via Marsala. Tenía la garganta asolada por las bocanadas de aire frío que tragaba a cada jadeo, cortantes como el hielo contra el hierro, y sentía punzadas de dolor en las pantorrillas y en el costado.

Me abrió la puerta Maddalena. A pesar de que hacía frío, iba descalza, con una blusa fina fuera de la falda. Tenía los ojos tan cansados que parecían querer ocultarse detrás de las órbitas.

—Hola —dijo.

—Estaba castigada.

—Lo sé.

—No podía venir.

—Lo sé.

—Pero quería. Con todas mis fuerzas.

—Noè me lo dijo —repuso, y, a continuación, se hizo a un lado—. ¿Quieres pasar?

Dejé caer la cartera en la entrada y la seguí.

La casa olía como las habitaciones en que se ha dormido hasta tarde; flotaba un sopor oscuro, agobiante, y las luces estaban apagadas.

—¿Cómo está Donatella?

—Regular.

En la cabecera de la cama de Donatella, la señora Merlini desgranaba un rosario y murmuraba una oración bañada en lágrimas mientras Luigia cosía un encaje en los bordes de un velo de tul, a la luz de una vela.

Donatella tenía la piel amarillenta; el pelo negro revuelto sobre la almohada parecía un manojo de algas marchitas.

Maddalena me cogió de la mano y me llevó a la cocina. Nos sentamos a la mesa y antes de que hablara tuve tiempo de mirarla. Parecía más delgada y angulosa, incluso la cara, como si hubiera envejecido de golpe.

—Lo único que me dijo es que no lo hizo porque quisiera morir, sino porque quería vivir. A toda costa. ¿Tú qué crees que significa?

—No lo sé. —Me mortificaba verla en aquellas circunstancias. Deseaba cargar con su dolor.

—No quiere contarme más. Ni aunque le insista —prosiguió. Cuando levantó de nuevo la cabeza, tenía aquella mirada torva que yo ya conocía—. Alguien le ha hecho daño. Seguro que es eso.

—¿Qué podemos hacer?

La Malnacida se mordió el labio hasta que se puso blanco y dijo:

—Tenemos que encontrar una oca y arrancarle la lengua.

CUARTA PARTE

La lengua cortada de la oca

21

Estábamos en la acera de enfrente de la verdulería del señor Tresoldi, apoyados contra la persiana recién pintada del estanco. Las
sombras de la noche eran espesas, bajo las farolas nuestro aliento
se condensaba en forma de vaho que trataba de agarrar con las
manos a fin de calentármelas.

—¿Para qué queremos una oca? —preguntó Matteo rascándo-
se la nariz.

—La lengua, no la oca entera —lo corrigió Maddalena.

—Bueno, pues ¿para qué quieres una lengua de oca? —insistió Filippo.

—Si la pongo debajo de la almohada de Donatella, tendrá
que decir la verdad a la fuerza. —Maddalena se encogió de hombros—. Funciona así.

—¿Cómo vas a conseguirla? —pregunté, presa de un esca-
lofrío.

Ella sacó un cuchillo que había robado de la cocina.

—Elemental —dijo—. Con esto.

—¿Sabes usarlo? —Matteo emitió un gorjeo antes de lanzar
un escupitajo en la escasa nieve sucia que aún había en el suelo.

—¿Quieres verlo? —repuso Maddalena; la hoja brilló bajo la
farola.

Matteo levantó los brazos en señal de rendición.

—Vale, te creo.

Maddalena guardó el cuchillo y se apartó un mechón de pelo de los ojos.

—¿Preparados? —Tenía algo mojado y pesado en el bolsillo, olía mal.

—¿Qué más llevas ahí?

—Ya lo verás.

—Preparado. —Matteo se golpeó la palma con el puño.

—Creo que nos meteremos en un lío —dijo Filippo.

Maddalena cruzó a la acera de enfrente, pero no hacia la persiana bajada de la tienda. Corrió hasta el amplio portal por el que se accedía al patio interior del edificio.

—¿Y ahora? —le pregunté cuando la alcancé.

—Entraremos.

—¿Cómo?

—¿Tú cómo entras en los sitios?

—Con una llave, que nosotros no tenemos.

La Malnacida sonrió. Se giró y extendió una mano hacia Matteo. Él se puso a rebuscar en el abrigo y sacó una llave enorme y arañada. Antes de dejarla caer en la palma de Maddalena, dudó.

—¿De dónde la has sacado?

—Eres tonta perdida —soltó Matteo resoplando fuerte por la nariz.

Fruncí los labios, ofendida, y repliqué:

—¿Por qué te has guardado la llave si ya no existe la carnicería?

—Porque sabía que tarde o temprano yo volvería.

—Si tenemos la llave, entonces no es robar, ¿no? —dijo Filippo por detrás de su espalda, con los ojos muy abiertos.

—Callaos, que nos oirán —dijo la Malnacida metiendo la llave en la cerradura. La giró un par de veces y el portón cedió. Apoyó las manos en el abombamiento de madera oscura y empujó. Mientras la abría, nos hizo un gesto para que nos apresurásemos. Filippo y Matteo obedecieron y desaparecieron en la oscuridad. Maddalena y yo nos quedamos solas. Se volvió hacia mí y me tendió la mano.

—¿Vienes? —preguntó.

—Pero ¿tú te lo crees de verdad? —le dije dejándola con la mano en el aire, a la espera de que yo se la cogiera—. Me refiero a lo de la lengua.

La Malnacida me miró como se mira a los niños.

—Claro que sí. ¿Tú no?

Entrelacé los dedos con los suyos.

—Si tú te lo crees, yo también.

Recorrimos el oscuro pasillo de entrada, que olía a jabón, y dejamos atrás la portería vacía, sumida en un silencio de iglesia.

Entramos en el patio: la tierra desnuda y helada contra las suelas, el miedo, un nudo que oprimía la garganta. Filippo y Matteo estaban quietos y miraban alrededor con la espalda contra la pared. La Malnacida los adelantó y nos ordenó que la siguiéramos.

—No. —Matteo hizo una mueca y se espabiló—. Era mi casa, conozco el camino.

Maddalena lo miró fijamente y se apartó.

Matteo pasó por delante de mí dándome un golpe con el hombro adrede, luego avanzó hasta el fondo del patio, donde apenas había luz y se amontonaban palés y muebles viejos inservibles.

—Es ahí —dijo señalando una verja negra, con alambre de púas, que separaba el terreno del señor Tresoldi del patio. Entonces oímos ladrar al perro.

Retrocedimos de un salto y me contuve para no gritar. Los ojos, de color naranja, le brillaban, escupía espuma sucia y enseñaba los dientes, blancos como huesos partidos, mientras metía el hocico entre las barras y escarbaba con las uñas.

Matteo arrancó un palo de una caja de madera rota y dijo:

—Yo lo mato.

—Cálmate. —La Malnacida le dio un codazo en el costado que lo hizo toser.

Se sacó algo blando y rojo del bolsillo rezumante, y un líquido oscuro le resbaló por la manga.

—¿Eso qué es? —preguntó Filippo tapándose la nariz.

Maddalena se acercó a la verja mientras el perro restregaba la cabeza contra la reja deformándose el hocico y gruñendo. La baba le goteaba formando espumarajos.

—¿La quieres? —dijo enseñándole la carne.

—Te va a arrancar la mano.

—¡Ten cuidado!

—Volvamos, va.

La sujeté por el borde del abrigo, pero ella se zafó. Estaba muy cerca, tanto que el animal habría podido arrancarle la nariz. El perro tragó con ansia, jadeó y olfateó la carne gruñendo por lo bajo. Cuando abrió la boca para morderla, Maddalena levantó el brazo, lo dobló hacia atrás, a la altura de la espalda, y la lanzó por encima de la verja; la carne fue a parar cerca del muro, en el suelo polvoriento. El perro se separó de la verja y se precipitó al fondo del patio.

Me dolían los huesos, y justo en ese instante me di cuenta de que había estado todo el rato castañeteando los dientes.

—Vamos, antes de que se lo acabe —dijo Maddalena.

—¿Cómo pasamos al otro lado? —Filippo señaló el alambre de púas que coronaba la verja.

—Saltemos.

—Si nos cortamos con eso, se acabó —dijo Matteo haciendo rebotar el palo contra el hombro.

—¿Y si usamos esa? —pregunté, señalando una manta sucia que estaba abandonada sobre las cajas de madera—. Podemos cubrir el alambre y pasar por encima.

La Malnacida sonrió.

—Buena idea. —Su sonrisa hacía que las medallas de la escuela y los cumplidos de los adultos me parecieran tontos e infantiles.

Filippo y Matteo doblaron la manta en cuatro partes para que las púas no la desgarraran. Contaron hasta tres y la posaron sobre la verja. Maddalena pasó la primera. Puso los pies entre las barras y, apoyando los brazos en la manta para darse impulso, dio un salto.

—Funciona —susurró al llegar al patio de los animales.

Matteo la siguió y ayudó a Filippo a saltar. También yo traté de franquear la verja, pero no tenía suficiente fuerza. Maddalena me miraba sin pestañear, inmóvil. Quería ver si lo lograba sin ayuda. ¿Era aquella otra manera de ponerme a prueba? Apreté la mandíbula como ella solía hacer, doblé las piernas y salté. Por un instante, el vacío; luego, el brutal impacto del hombro, el costado y los codos contra el suelo. Se me escapó un gemido agudo al sentir un intenso dolor. Matteo se rio.

—Chis —dijo la Malnacida llevándose un dedo a los labios. Me ayudó a ponerme de pie—. No te has hecho nada —comentó inspeccionando los desgarrones de mi abrigo.

—Nada —repetí sacudiéndome el polvo de la cara.

—Vamos, holgazana. Hay que darse prisa —dijo Matteo.

El perro sujetaba el hueso con las dos patas y lamía la carne mordisqueada.

Avanzamos en la semioscuridad llena de sombras. Había jaulas de hierro con gallinas, balas de heno, aperos sucios apoyados contra la pared desconchada, cajas de fruta rotas y una bañera llena de agua cuyo olor a podrido se mezclaba con el hedor a estiércol de vaca. «Ten cuidado, no la pises», me advertía mi padre cuando paseábamos por la montaña o los senderos del campo, y señalaba unos círculos anchos y planos como tapaderas de olla. Parecía como si el verdulero se hubiera llevado un trozo de campo y lo hubiera plantado en el patio de su casa, en medio de la ciudad.

Las ocas estaban en un corral bajo; un palé inclinado servía de rampa y un tejado ondulado protegía la paja húmeda sobre la que dormían, con el cuello inclinado y el pico metido entre las plumas.

—Hay que elegir una —dijo la Malnacida.

—¿Y luego? —preguntó Matteo.

—La matamos.

—¿Sabes hacerlo?

—No —contestó la Malnacida encogiéndose de hombros—, pero la gente lo hace todos los días. No puede ser tan difícil. —Franqueó el recinto—. ¿Venís o qué?

El silencio me oprimía. Fui tras ella. Maddalena estaba acuclillada al lado de las ocas, que dormían; el aire helado les agitaba suavemente las plumas.

—Qué bonitas son —dije.

—Y qué gordas están —añadió ella con el cuchillo entre las manos—. El señor Tresoldi las atiborra para hacer paté de hígado.

Se quedó viendo cómo dormían, sin soltar el cuchillo; el vaho le salía a intervalos regulares por la boca abierta.

—¿Estás segura de que quieres hacerlo?

—Necesito una lengua —respondió tragando saliva; los ojos le brillaban en la oscuridad—. No me queda más remedio.

—¿Quieres que la sujetemos? —propuso Matteo.

—¿Y si empieza a graznar? —dijo Filippo.

—La matamos antes.

—¿Hay que retorcerle el pescuezo, como a las gallinas?

El aullido repentino del perro rompió el silencio. Matteo maldijo y Filippo se sujetó la cabeza con las manos.

—Dios mío, nos van a pillar.

El perro empezó a gañir, a escarbar la tierra con ímpetu; luego soltó otro aullido afligido e intenso. La Malnacida hizo una mueca.

—Voy a ver qué pasa. Esperad aquí —dijo dándole el cuchillo a Matteo.

Saltó la valla con los pies juntos y desapareció en la oscuridad; el dobladillo del abrigo demasiado holgado le golpeaba los muslos desnudos, que brillaban a la fría luz de la luna.

Me di la vuelta. Matteo y Filippo me miraban con fijeza. Se intercambiaron una rápida señal de complicidad, asintieron.

Matteo sujetaba el cuchillo, Filippo, a su espalda, dijo:

—Ahora, tenemos que hacerlo ahora, ya.

—¿Qué miráis?

—Hemos decidido que tienes que irte —dijo Matteo.

—¿Quién lo ha decidido?

—Nosotros.

—Vosotros, ¿quiénes?

—Nosotros tres.

—No es verdad.

—Sí que lo es —dijo Filippo.

—No puedes estar con nosotros. No te queremos.

—Aquella vez, en la escuela, me equivoqué. Pero luego hice la prueba de las mandarinas. Me ha perdonado.

—Me da igual que te haya perdonado. Somos nosotros los que no te queremos —dijo Matteo—. Quieres robárnosla.

—Ya nos la ha robado —puntualizó Filippo con voz aguda.

—No es verdad —traté de protestar.

—¿Qué hacías en su casa?

—Nosotros nunca hemos estado en su casa.

—¿Te crees mejor que nosotros?

—Tienes que irte —dijo Filippo pegándose a la espalda de Matteo; emitió un sonido parecido a un silbido al apoyar la lengua en el hueco que tenía entre las paletas—. O juro que te matamos.

—No —dije con la respiración helada, jadeante.

—Entonces te conviene echar a correr.

Las piernas me temblaban.

—No quiero dejar a Maddalena. Por nada en el mundo.

—No quiere que pronunciemos su nombre.

—A mí me deja.

Los labios de Matteo esbozaron una mueca horrible.

—Me das asco.

Fue rapidísimo: extendió el brazo y volvió a dejarlo caer paralelo al cuerpo con un gesto fulminante, antes de que yo pudiera sentir dolor. Pero ahora la hoja goteaba sangre en la tierra dura y helada.

Me llevé una mano a la mejilla, donde me había hecho un corte que quemaba.

—Ve a ver si vuelve —dijo Matteo sin dejar de vigilarme.

Filippo asintió y se asomó por la valla.

—Todavía no —dijo.

El perro no dejaba de aullar al fondo del patio.

—Tenemos tiempo. —Matteo se pasó la lengua por los labios—. No quiero hacerle daño a una chica. Solo tienes que marcharte, ¿de acuerdo?

Notaba la sangre viscosa y caliente entre los dedos. De repente, me cedieron las rodillas, las lágrimas me asomaron a los ojos y lo vi todo borroso.

—Si se lo dices a la Malnacida, te corto la lengua como a la oca —me amenazó Matteo.

Me eché a llorar.

No le tenía miedo a él, ni siquiera sabía usar el cuchillo, pero me preocupaba cómo iba a justificar aquel corte en la cara. Había logrado robar las llaves de casa del bolso que mi madre había dejado en el mueble de la entrada y salir a escondidas sin hacer ruido. Pero ¿qué diría cuando a la mañana siguiente me vieran en aquel estado? No había manera de ocultarlo, y esa sería la prueba de mis artimañas.

Matteo lanzó una risotada.

—*I donn gh'han pront i lacrim come la pissa i can** —gruñó—. Lárgate ahora mismo, déjanos en paz y vete con el llanto a otra parte.

Cogí un puñado de tierra y se lo arrojé a la cara. Retrocedió y trató de limpiarse los ojos con la manga del abrigo.

—¡No te tengo miedo! —le grité.

Las ocas graznaron y todo se convirtió en un batir de alas y en una nube de polvo y paja. Traté de escabullirme saltando hacia un lado para alejarme de Matteo, pero Filippo, que debía de haber oído los gritos, volvió atrás y se abalanzó sobre mí para sujetarme.

—Voy a cortarte la lengua —repitió Matteo aferrándome un tobillo.

Filippo me puso una mano sobre la boca y le mordí los dedos. Lanzó un grito desgarrador y me dio una bofetada.

—¿Qué estáis haciendo? —De repente vi a la Malnacida. A nuestro alrededor, en las ventanas y los balcones que daban al

---

*«Las mujeres lloran con la misma facilidad que los perros mean». *(N. de la T.)*.

patio las luces se encendían—. ¿Qué estáis haciendo? —repitió Maddalena con un tono que nunca le había oído.

—Tenía miedo y quería llamar a los adultos —dijo Matteo con voz ahogada.

—Teníamos que impedírselo.

No podía hablar ni dejar de llorar; me apretaba la mejilla con fuerza, pero la sangre seguía brotando.

La Malnacida nos miraba con las piernas abiertas, los pies bien plantados en el suelo y los ojos como platos. Miró a Matteo y a Filippo, parecía la estatua de bronce del monumento a los Caídos, la de la espada desenvainada y el grito de guerra esculpido en la cara.

—Marchaos —dijo.

—Espera —balbució Matteo—. Ha sido ella. Ella tiene la culpa de todo.

—No deberías haberla llevado al Lambro. No deberías haberlo hecho —insistió Filippo.

Maddalena había dejado de pestañear. Estaba firme y pálida, inmóvil.

—Ahora tenéis miedo, sentís que estáis a punto de morir. Ahora va a pasaros algo malo —prosiguió ella.

Filippo se tapó las orejas y empezó a gimotear.

—Yo no quería —se justificó—. Ha sido él. Yo no quería.

—Os haréis daño. Podríais caeros y quizá los huesos se os salgan por las rodillas. O las ratas del río os coman los dedos de los pies. O puede que al saltar la verja las púas os desgarren la barriga.

Avanzó hacia Matteo. Él retrocedía.

—No es más que una cría. Lo he hecho por ti, ¿es que no lo entiendes?

—Eres un niñato envidioso —dijo Maddalena acercándose aún más.

Él trató de zafarse echándose a un lado. Y entonces lanzó un grito. Un grito agudo y desgarrador. Se derrumbó y se hizo un ovillo abrazándose una pierna y revolviéndose en el suelo mientras las ocas graznaban a su alrededor. Tenía un clavo en la planta del pie y la sangre salpicaba por todas partes.

Maddalena se inclinó sobre mí.

—¿Estás bien? —me preguntó.

Asentí sorbiéndome la nariz y secándome la cara con la manga. Acepté la mano que me tendía y me puse de pie. Ella me abrazó y yo temblé entre sus brazos mientras Matteo se revolcaba sin cesar de gritar.

Filippo se había escapado, no había ni rastro de él.

De las ventanas y los balcones empezaron a llegar voces: «¿Quién va? ¡Ladrones! Que alguien baje a mirar».

—Tenemos que huir —dije.

—No podemos dejar tirado a Matteo en estas condiciones —dijo la Malnacida—. Además, aún no tengo la lengua.

—Pero ¿y si llega alguien?

—No le tenemos miedo a nadie. Acuérdate siempre. A nadie.

A aquellas alturas, todas las luces se habían encendido y el patio parecía el pesebre que montaban en la iglesia por Navidad. Las mujeres se asomaban curiosas por los balcones y las ventanas con un chal sobre los hombros y la redecilla en la cabeza. De la escalera llegaba el rumor de los pasos de los hombres, que bajaban cada vez más deprisa.

La verja se abrió con tal fuerza que se estrelló contra el muro, y en cuestión de segundos una comitiva de hombres en bata y zapatillas se dirigió hacia nosotros; el hombre que la encabezaba, a cuyo alrededor brincaba un perro que movía la cola, llevaba una linterna en una mano y empuñaba una escopeta de caza con la otra.

—¿Qué diablos hacéis aquí? —preguntó. El haz de la linterna iluminó la misma cara de malo de las otras veces que nos había descubierto. Saltó la valla y se aproximó tanto que noté el olor todavía tibio de su cama y el tufo aún más fuerte del ajo y el sudor.

Estaba segura de que iba a morir. El señor Tresoldi nos retorcería el pescuezo como a las gallinas.

Maddalena fue a su encuentro y lo miró a los ojos.

—Queríamos robar una oca —dijo muy seria—. Pero él se ha herido. —Señaló a Matteo, que gimoteaba bajito como un cachorro—. Y no hemos logrado robar nada.

El señor Tresoldi se echó a reír.

—Con razón te llaman la Malnacida.

Maddalena me apretaba la mano, que ocultaba tras su espalda. Solo yo la sentía temblar.

—Soy la única culpable. Ellos no tienen nada que ver. Pero lo de la oca es verdad: la necesito y no me iré sin ella.

El señor Tresoldi soltó una tremenda risotada.

Los demás hombres murmuraban sin atreverse a pasar al otro lado, agolpados como una bandada de palomas ante un zorro.

—Habéis armado un buen jaleo —dijo el señor Tresoldi—. Y ahora ¿qué debería hacer con vosotros?

Maddalena seguía mirándolo a los ojos.

El señor Tresoldi apoyó la escopeta contra la jaula de las ocas. Dijo «Fu, fu» apartándolas con los pies mientras se acercaba a Matteo y lo levantaba como si fuera un saco informe de mandarinas.

—Id a dormir, yo me ocuparé de esto —les dijo a los demás hombres. Algunos trataron de protestar, otros se quedaron en silencio, pero ninguno se movió ni hizo ademán de marcharse—. A dormir, he dicho —insistió el señor Tresoldi; apuntó con la linterna a las mujeres que se asomaban a los balcones—. Y vosotras también. A la cama. Este es mi patio y aquí mando yo. —Luego se giró hacia nosotros y cargó a Matteo, que estaba medio desmayado, sobre un hombro; la sangre que goteaba manchaba la sucia bata del señor Tresoldi—. Y vosotras venid conmigo.

La cocina del señor Tresoldi estaba iluminada por la fría luz de una bombilla prendida al techo. Se balanceaba a merced del viento que entraba por la ventana entornada y alargaba las sombras sobre las caras y las ollas de cobre que colgaban de la pared negra por el humo.

Noè se levantó para cerrar los postigos y se sentó de nuevo con aire resignado.

—Estáis locas.

Matteo estaba en el sofá con el pie vendado, el talón postrado en un cojín y una colcha de ganchillo deshilachada sobre los hombros. No miraba a nadie y aún no había dicho ni una palabra; los mocos y las lágrimas se le habían secado debajo de la nariz y en las mejillas.

—No es grave —había dicho el señor Tresoldi mientras lo curaba con tintura de yodo—. Tienes suerte de que los dedos sigan en su sitio. Era un clavo nuevo, así que no te preocupes por las enfermedades. La sangre impresiona, pero es una herida sin importancia. —Antes de volver al patio, le había dicho a Noè—: Vigílalos, voy a ver cómo están las ocas.

A Noè se le cerraban los ojos y tenía los rizos aplastados en un lado de la cabeza. Maddalena arañaba el mantel con las uñas y luego borraba los surcos con las palmas. El silencio que reinaba en la cocina era lo que más me aterraba. Yo me pasaba despacio los dedos sobre la sangre seca de la mejilla, y a pesar del miedo y el dolor, que poco a poco disminuía, aquella herida hacía que me sintiera importante.

—¿Te duele? —preguntó Noè.

—¿Esto? —pregunté—. No es nada.

Maddalena sonrió un poco sin apartar la mirada del mantel.

—¿Cómo se os ha ocurrido? —dijo Noè, pero Maddalena callaba y seguía trazando líneas con las uñas. Entonces él se balanceó hacia atrás en la silla y extendió un brazo para coger una vieja biblia que había al borde de la chimenea. La tiró sobre la mesa y se sacó del bolsillo un paquete de tabaco. Con gestos lentos y comedidos, abrió la biblia, arrancó una página de papel trasparente, finísimo, le echó por encima un poco de tabaco y se puso a liar un cigarrillo con las yemas, humedeciéndolo con saliva.

—Tengo que conseguir una lengua de oca —dijo Maddalena mientras Noè encendía una cerilla frotándola contra la piedra de la chimenea.

—¿La lengua? —preguntó soltando una bocanada de humo—. Y ¿para qué la quieres?

—Para que alguien diga la verdad. Es para Donatella —respondió ella—. Tengo que saber quién le hizo daño.

En ese momento el señor Tresoldi volvió del patio; abrió la puerta de la cocina con tanta fuerza que la golpeó contra el canto de la chimenea.

Apoyó algo blanco y pesado en el centro de la mesa. La lámpara oscilaba con fuerza y hacía que la luz enloqueciera; las sombras se estrellaban por toda la habitación.

—Tienes que quitar las plumas por la parte del crecimiento. En este sentido, ¿de acuerdo? Empieza por la cola, el final del cuello y las patas. ¿Está claro?

Maddalena retiró las manos de la mesa y asintió con seriedad.

La oca muerta tenía las patas atadas, el pico abierto con la lengua fuera, las alas extendidas sobre el mantel de hule y un agujero, sucio de sangre, en el cráneo, como si un par de tijeras le hubieran entrado por la boca y lo hubieran atravesado desde el interior.

—Luego tienes que destriparla. Quizá sea mejor que se lo pidas a alguien que sepa. Hay que quitarle los órganos, pero no los tires, ¿eh? El hígado es una exquisitez. ¿Te gusta el hígado?

—Claro —dijo Maddalena—, claro que me gusta.

—Bien —dijo el señor Tresoldi, y se limpió los dedos en los pantalones deformados. La miró a ella y luego me miró a mí—. Se llamaba Elena. Como la reina.

—¿Quién?

—La oca. Les pongo nombre a todas. Y no me olvido. Cuando se mata a una hay que rezar una oración y encomendarla al Señor.

—Pero ¿las ocas tienen alma?

—Por supuesto —dijo el señor Tresoldi, serio—. Todas las criaturas la tienen.

—¿Y me la regala? —preguntó Maddalena—. ¿A pesar de que quería robársela?, ¿de que una vez nos dijo que iba a echarnos a las ocas?, ¿de que le robamos las cerezas?

El señor Tresoldi respiró hondo, desplazó hacia atrás la silla y se dejó caer cerca de su hijo soltando un gruñido.

—Hazme uno a mí también —dijo señalando la biblia.

Mientras Noè liaba el cigarrillo, el señor Tresoldi no dejaba de escrutar a Maddalena con los ojos entornados, casi ocultos por la piel amarillenta.

—Me he enterado de lo de tus hermanos —dijo—. Mal asunto, uno en la guerra, en África, y la otra que se te cae al río. —Encendió el cigarrillo y dio unas caladas con avidez, como si quisiera tragárselo—. Robar no está bien, pero vosotras dos tenéis un coraje que para sí querrían los soldados. —Entonces me miró fijamente y deseé que me tragara la tierra.

—Maddalena lo ha hecho porque debía, señor —dije con voz ahogada—. No nos atraviese la cabeza con las tijeras como a la oca, por favor.

—Ah, así que tú también sabes hablar —dijo el señor Tresoldi. Su risa era ruidosa como el granizo al caer. Apagó el cigarrillo en la suela de la bota—. Pensaba que eras de esas que hace que la gente se abra la cabeza, ¿sabes? Creía en lo que decían por ahí, que, para ser sinceros, coincidía con la opinión que tenía de ti —añadió dirigiéndose a la Malnacida—. Pero la verdad es que entras en la cabeza de la gente y no vuelves a salir. Eso es lo que haces.

22

Fue Noè quien puso la lengua cortada de la oca bajo la almohada de Donatella. Lo hizo en plena oscuridad, cuando la casa aún olía a sueño y a fiebre.

Con la delicadeza de una madre, levantó un extremo de la almohada y metió debajo el paquete mojado y rojizo, del tamaño de un puño, con la lengua de la oca.

—No la despertéis —susurró Maddalena al otro lado de la cama.

Donatella sacudía con fuerza la cabeza y gemía como un perro que sueña, rechinando los dientes, con la cara empapada en sudor.

—¿Y ahora? —dije sujetándome al pie de latón de la cama.

—Ahora esperaremos. —Maddalena apartó un mechón de pelo de la frente húmeda de sudor de su hermana.

A los lados de la cama, en las dos sillas que durante el día ocupaban la señora Merlini y Luigia, había una biblia, un rosario, el velo con el borde de encaje aún por coser, las tijeras de costura y el carrete de hilo blanco.

Maddalena se inclinó sobre la cara de su hermana y le preguntó:

—¿Quién te ha hecho daño?

Permanecimos en silencio, conteniendo la respiración. Donatella, con los ojos entornados, respondió:

—Su hijo.

—¿Su hijo? —repuso Maddalena—. ¿El hijo de quién?

—Mi hijo —respondió ella de golpe—. El hijo de Tiziano y mío.

23

Hacía un día frío y soleado de finales de enero cuando Maddalena y yo nos topamos con Tiziano Colombo sentado a una de las mesas de la cafetería de piazza dell'Arengario.

Mi madre la llamaba la «cafetería de los señorones» porque los camareros llevaban pajarita y servían con guantes blancos los dulces colocados en las fuentes de plata. Le gustaba ir en primavera, los domingos después de misa, a comer helado en copas de peltre mientras escuchaba la orquestina y suscitaba la envidia de los transeúntes.

El frío hacía que casi todas las mesas de la terraza estuvieran vacías, excepto la que ocupaban Tiziano, sus amigos y una señorita con un manguito de pieles y pendientes de coral. Los chicos eran jóvenes apuestos, con el uniforme impecable y bien peinados. Tiziano bebía chocolate caliente y reía arrebujado en el abrigo negro y grueso.

—¡Eh! —gritó Maddalena mirándolo fijamente desde el cordón de terciopelo rojo que rodeaba la terraza. Yo estaba a su lado y respiraba por la nariz para disimular el miedo.

—¿Te llaman a ti esas de ahí? —dijo uno de ellos, larguirucho y desmañado.

Tiziano nos vio y nos hizo una señal con la mano para que nos acercáramos.

No parecía alarmado.

Maddalena saltó el cordón sin titubear y se plantó frente a él en un instante; yo la seguí en silencio.

Se restregó las manos con tanta fuerza que le sangraron los sabañones.

—Sé por qué no has vuelto a ver a mi hermana —dijo.

—Lo siento —respondió Tiziano—, pero no son asuntos de niños.

—¿Qué pretende de ti esta mocosa? —preguntó la señorita inclinándose sobre el hombro de Tiziano—. Dios mío, qué sucia va.

—¿Ahora las chiquillas también pierden la cabeza por ti? —bromeó un tipo de pelo oscuro y rostro honrado, mirándome con tanta intensidad que me ruboricé.

—No me apetece hablar de tu hermana —dijo Tiziano con cara triste—. Pertenece al pasado.

La noche en que Donatella había confesado la verdad gracias a la lengua de oca, me acordé de aquella vez en que Tiziano le dijo que se casaría con ella. La Malnacida tenía razón: era guapo, pero una no podía fiarse de él.

—Mi hermana se llama Donatella Merlini. Es tu novia. Y se tiró al Lambro por ti. Y ahora quieres deshacerte de ella como si fuera un zapato viejo.

Maddalena no temblaba, su voz era clara y fuerte como la de los hombres que hablaban de la guerra en la radio.

—No le traigas a la memoria recuerdos dolorosos —se entrometió otro de los presentes, un chico con gafas redondas que bebía horchata—, son perjudiciales para su pobre corazón.

—Su pobre corazón, ¿eh? —replicó Maddalena apretando los dientes—. El mismo que lo obliga a estar en esta terraza bebiendo chocolate en vez de estar en el frente, ¿no es cierto? Su corazón enfermo.

Tiziano hizo un gesto como si ahuyentara a una mosca.

—Creía que era una buena chica. La quería mucho —dijo afligido—. Antes de enterarme de la verdad.

—Mentiroso —bufó Maddalena.

—Lo siento, pero así son las cosas. Debería haberme dado cuenta antes... por aquel carmín que se ponía para llamar la atención de los hombres. Resultaba evidente.

La del manguito frunció los labios con desprecio.

—Qué vergüenza —dijo.

—Tu hermana salía con otros. Prueba de ello es la criatura que lleva en su vientre y que pronto no podrá ocultar.

—¡Ese hijo es tuyo! —gritó Maddalena; los demás enmudecieron—. Quiso ahogarlo en el Lambro, pero no pudo. Qué piensas hacer ahora, ¿eh?

Tiziano se limitó a suspirar con aire de suficiencia.

—Es lo que pasa en las familias sin padre —dijo un chico con guantes de lana.

—La mujer es como una chimenea en invierno: cuando se enciende, todos los mirlos la rondan para calentarse —añadió el del pelo oscuro. Los hombres se rieron a carcajadas.

Maddalena miraba fijamente al suelo y habían empezado a temblarle los hombros.

—Eso no es verdad —dijo tragándose el miedo y la vergüenza—. Sois unos mentirosos.

—Un Colombo no puede relacionarse con una pájara, ¿lo entiendes? —dijo el otro.

—¿Una pájara? —preguntó la Malnacida.

—Una buscona —dijo la señorita del manguito—, una de esas que revolotean por el picadero que alquila un señor, del que salen desplumadas al amanecer.

—¡No es verdad!

—Y luego dicen de los hombres...

Tiziano les hizo una señal para que se callaran; miró a Maddalena y dijo:

—Sé buena. Estoy seguro de que no quieres que circulen ciertos rumores acerca de tu hermana. Lamentaría ver a la señora Merlini en peores circunstancias. Y con razón. No querrás darle más problemas de los que tiene, ¿verdad?

—Qué mal asunto... —dijo el moreno pasándose la mano por el pelo engominado.

—Una familia con mala suerte —dijo la señorita, absorta, acariciándose un pendiente.

Tiziano sacó del bolsillo un fajo de billetes sujetos con una pinza de plata. Se humedeció el índice con la lengua y extrajo uno marrón del tamaño de una almohada. Yo nunca había visto mil liras tan de cerca.

Lo dobló en dos, lo puso en la mesa y lo extendió hacia Maddalena.

—Cógelo.

—Una obra de caridad —dijo la señorita rozando la mano de Tiziano, que se encogió de hombros para restarle importancia a su gesto.

—No hay que abandonar a su suerte a los necesitados. Ni siquiera en casos como este.

—A decir verdad, esa chica se lo buscó.

—Qué buen corazón, Tiziano.

Cuando Maddalena levantó los ojos, tenía las pestañas húmedas y la cara crispada. Se sorbió con fuerza la nariz y escupió a Tiziano, que abrió mucho los ojos al ver el escupitajo resbalándole por el abrigo, justo donde llevaba prendida la insignia con el haz de lictores y la bandera italiana.

—Morirás pronto —dijo Maddalena de corrido, mirándolo a los ojos—. Te lo prometo. Morirás como una rata ahogada en el Lambro, que después de hincharse sirve de alimento a los cuervos.

La sonrisa se borró de la cara de Tiziano, pero fue solo un leve abandono antes de unirse a la carcajada común que había estallado fuerte y sonora tras las palabras de la Malnacida.

Maddalena no dijo nada durante todo el trayecto. Iba delante de mí con paso rápido, y aunque la llamaba no respondía; los faldones del abrigo demasiado holgado se abrían como alas mientras avanzaba por via Vittorio Emanuele.

La seguía con la respiración ahogada y pensaba en Donatella, en su carmín, en el vestido ceñido que le resaltaba el pecho, y me vinieron a la cabeza las palabras con las que la señorita la había definido: «Pájara buscona». El odio que sentía por Tiziano, por su manera de hablar, contenida y hábil, solo era inferior al que sentía por mí misma, porque por un instante, solo por un instante, le había creído.

Encontramos a Noè en el patio cavando un agujero detrás del corral de las ocas. Nos saludó con la mano y sonrió al vernos llegar, luego se dio cuenta de que Maddalena estaba furiosa y reanudó su tarea. El perro, atado a la cadena, ladraba desesperado y sus ladridos cubrían el sonido rítmico de la pala contra la tierra endurecida por el hielo.

Sin dejar de cavar, Noè me miró y dijo:

—Ha cicatrizado.

Me llevé una mano a la mejilla, al punto donde Matteo me había cortado con el cuchillo la noche en que entramos a escondidas en el patio de los Tresoldi. Los cortes en la cara sangran mucho, aunque sean superficiales, me había explicado. El mío era solo un rasguño. Cuando aún estaba fresco, mi madre se había

puesto a gritar al verlo. «¿Cómo te lo has hecho, desgraciada?».
Yo le respondí que me lo había hecho sola, adrede, para darle un
disgusto, porque si mi futuro solo dependía de tener una cara
bonita, no la quería. Ella frunció los labios y dijo que si me dejaba
una cicatriz, ningún hombre se casaría conmigo y me quedaría
sola para siempre, por mi culpa. «No me importa», le respondí.
El corte se cerró enseguida y casi lo lamenté.

—Si me hubiera quedado una señal, me habría dado igual
—dije.

Y Noè respondió de golpe:

—Habrías sido igual de guapa.

Me ruboricé y no dije nada.

—¿Qué haces? —le preguntó Maddalena.

—Estoy cavando un agujero.

—Eso ya lo veo. ¿Por qué?

—He ido a buscar una oca y he notado que detrás de las cajas
de fruta olía mal, así que me he acercado a ver qué era.

—¿Y qué has encontrado?

—¿Queréis verlo?

El gato tenía los ojos en blanco y el vientre abierto. Noè usó
la pala para espantar las moscas que le zumbaban alrededor del
morro y dijo:

—Debe de haber entrado esta noche. Vittorio habrá jugado
con él antes de soltarlo. Y ha venido a morir aquí atrás.

—¿Quién es Vittorio? —pregunté cubriéndome la boca para
contener las arcadas.

—El perro. Se llama Vittorio Emanuele, como el rey.

—Ah.

Noè se encogió de hombros.

—Mi padre me ha dicho que tire el gato por ahí, pero me da
pena.

—Es una mala señal. Una señal de muerte —dijo Maddalena.

—Aquí se nos muere un animal al día. No debes creer en esas cosas —replicó Noè.

—¿Tú no te lo crees? —repuso ella.

—¿Que hay cosas que traen mala suerte? No. Solo son patrañas que cuenta la gente para ahuyentar el miedo.

—¿Ni siquiera crees en la lengua de oca?

—No.

—¿Ni en lo que dicen de mí?

—No.

Maddalena guardó silencio unos instantes, y entonces cogió la pala de las manos de Noè.

—Vamos a ayudarte —dijo.

Lo transportamos entre los tres usando una manta para no mancharnos ni perder por el camino lo que le salía del vientre. A pesar de parecer algo insignificante, un bulto negro y sucio en medio de la manta, el cuerpo del gato pesaba como si lo hubieran llenado de piedras. Contuve la respiración hasta que arrojamos aquel fardo en el agujero, fuera del corral de las ocas.

—¿A que habéis venido? —preguntó Noè guardando la pala en el armario de los utensilios.

—¿Tú sabes matar una oca? —le preguntó Maddalena.

Noè se rascó el mentón, donde se le había quedado pegado un grumo de tierra, y respondió:

—Sí.

—Enséñame —pidió ella. E hizo un gesto familiar: puso cara de pensar en cosas malas.

—¿Para qué? —le preguntó Noè; luego cogió un par de tijeras largas, de punta afilada—. ¿No querrás llevarte otra lengua? —preguntó mientras nos acercábamos al corral de las ocas.

—No —respondió Maddalena—. Solo quiero aprender a matar.

Sea lo que fuere, Maddalena no tuvo que poner en práctica lo que se le había metido en la cabeza. La misma noche en que enterramos el gato, recibió la noticia que cambió la vida de su familia.

Era un telegrama de África: Ernesto había sido herido en la «heroica», así la definía, defensa del presidio del paso de Uarieu y había sido trasladado a un hospital militar. El telegrama prometía más noticias durante los días siguientes. Pero era una voz anónima, de burócratas, y Maddalena no durmió ni comió durante cuarenta y ocho horas.

Después, Ernesto escribió de su puño y letra a casa desde el hospital. No dio información acerca de su salud ni de la posibilidad de volver. Solo preguntó por Luigia. Quería casarse con ella. Inmediatamente. Antes de que fuera demasiado tarde.

Todo se organizó por telegrama. Al final llegó la última carta, ribeteada de negro. Luigia estaba doblada sobre la mesa de la cocina con la cara metida entre los brazos, las gafas abandonadas sobre el mantel y el velo, sin acabar de coser, sobre el pelo. La señora Merlini se había encerrado en la habitación y sus gritos se oían desde la cocina. Donatella dormía.

—Ernesto tenía miedo de morirse sin haberse casado con ella —dijo Maddalena. Apretaba la carta como se estruja un trapo, la respiración ahogada en la garganta—. Se casaron por poderes. Un «sí» desde África y otro desde aquí, así arreglaron las cosas.

El 24 de enero, la batalla del Tembien había acabado sin victoria ni derrota. Ernesto, como muchos otros, había muerto a cambio de nada.

Me acerqué y le cogí la mano; Maddalena la apretó, se la llevó a la frente y la retuvo mucho rato, sin hablar. El suyo era un dolor para el que no había palabras.

24

Soñé con las ocas muchas noches.

Fueron sueños agitados, confusos y llenos de violencia: campos de batalla cubiertos de muertos, como en los cuadros de las guerras napoleónicas que ilustraban los libros de texto, pero los soldados, en vez de fusiles, empuñaban grandes tijeras brillantes como las que Noè usaba para matar a las ocas. Él también aparecía, con un casco verde, ensangrentado hasta los codos; sujetaba una oca rígida, exánime, con el vientre abierto, y le decía a Maddalena: «Tienes que sentir las entrañas en la palma de la mano, hurgar con los dedos hasta sacárselas. Pero ten cuidado, no las rompas o la carne tendrá mal sabor».

En mis sueños también aparecían Maddalena y Tiziano Colombo, que tenía el cuello largo y torcido y un pico pegado a su rostro agradable y limpio. Maddalena le metía las tijeras en la boca y el cráneo. Tiziano gritaba y expulsaba un líquido negro por la nuca; luego se le hinchaba la barriga y cuando se le rasgaba salía un niño con la piel morada como la de un ahogado.

Entonces me despertaba empapada de sudor y de miedo, con ganas de gritar.

Me habría gustado contarle esos sueños a Maddalena, pero ella me rehuía. Tras la muerte de Ernesto, había construido un muro a su alrededor y no permitía que nadie lo cruzara.

Si iba a buscarla, me respondía a través de la puerta. «Mañana», decía. Pero al día siguiente ocurría lo mismo que el anterior.

Me enteré por Carla de que Donatella ya no guardaba cama y no tenía fiebre, de que cada vez estaba más gorda y de que la señora Merlini la mantenía escondida, constreñida por la vergüenza. Maddalena había decidido agazaparse en el frío de aquella casa que ahora estaba vacía.

Sin ella todo había perdido color, forma y textura. En clase, la profesora seguía marcando con banderitas el avance italiano en los mapas de Etiopía y llamando a aquella guerra «la mayor hazaña colonial que la historia recordará», y yo la odiaba con tanta intensidad que fantaseaba con ponerme de pie y estamparle el tintero en la frente.

Pero no hacía nada y me quedaba mirando fuera, a la espera de que sonara el timbre.

Cuando la clase acababa, me marchaba pitando sin saludar a nadie, y el esfuerzo de contenerme para no ir en busca de Maddalena resultaba doloroso. Cruzaba el centro a paso ligero, con la cartera golpeándome el muslo y la bufanda al viento, sin importarme que se me enredara entre las piernas y me hiciera tropezar, e iba a ver a Noè.

Me gustaba su olor a tierra mojada, a trabajo y a tabaco, sus gestos lentos y precisos, que nunca malgastaba en nada superfluo. Me dejaba quedarme con él mientras trabajaba, y yo le hablaba de cualquier cosa que me ayudara a acallar el ruido que ensordecía mis pensamientos. Me escuchaba, y a veces me hacía alguna pregunta mientras daba de comer a las ocas o colocaba las latas de conserva en las estanterías más altas. El señor Tresoldi también aprendió a aceptar mi presencia, como se acepta la de las moscas en verano, y cuando entraba en la tienda y me veía a los pies de la escalera pasándole a Noè una lata de Italdado se limitaba a decir:

—¿No tienes deberes?

—Ya los he hecho —le respondía encogiéndome de hombros.

A veces Noè me pedía que le repitiera la lección porque decía que no quería que me suspendieran: si dejaba de asistir a la escuela iría a molestarlo hasta por las mañanas.

Pero enseguida se cansaba de Odiseo subiendo al caballo de Troya o de Catulo, que en el carmen sobre la muerte de su hermano decía: *Numquam ego te, vita frater amabilior, aspiciam posthac?*

Cuando estábamos en el patio prefería explicarme cómo funcionaban las cosas que él conocía: cómo ponían huevos las gallinas y dónde había que dar unos golpecitos con el dedo para saber si dentro había un pollito o no. Al gallo, decía, había que mantenerlo alejado porque nunca se cansaba de preñarlas.

Cuando hablaba de aquellos asuntos, Noè nunca era vulgar y no se mostraba reacio a explicarme cosas que otros hombres, como mi padre o los profesores, consideraban vergonzosas e inapropiadas para una señorita.

El vacío que había dejado la Malnacida dolía como la ampolla de una quemadura profunda; me apegué a Noè y me escondí en su afecto haciéndome la ilusión de que me bastaba. Por un tiempo dejé de soñar con ocas.

Hasta que un día, en la jaula de las gallinas, Noè me levantó la barbilla.

—¿Sabes que eres muy guapa?

Fue tan rápido que no me dio tiempo a esquivarlo: acercó la cara y apretó los labios contra los míos, delicado pero firme. Estaba mojado, caliente. Su lengua buscaba la mía, que no se movía. Su respiración y la mía, juntas, emanaban un olor extraño que no me gustaba, y sentirlo tan cerca hizo que el corazón me latiera tan deprisa que tuve miedo y lo rechacé.

—¿Qué haces? —dije empujándolo.

—Perdona —balbució retrocediendo.

Los huevos se habían caído al suelo y se habían roto formando un grumo transparente y amarillo. Las gallinas cacareaban fuerte y soltaban plumas blancas manchadas de suciedad que volaban por todas partes.

—Lo lamento, por los huevos —dije antes de dejarlo allí, solo.

Aquella noche las pesadillas volvieron. Me despertaba a oscuras, atenazada por el miedo, con las sábanas pegadas a la piel, y me acordaba de que las únicas personas a las que deseaba contarles mis sueños ya no estaban conmigo. Me revolvía en la cama y restregaba la cara contra la almohada fingiendo que era el hombro de Noè o el costado de Maddalena. Luego me dormía.

25

El final del invierno llegó sin que me diera cuenta.

La tibieza de la primavera trataba de abrirse paso entre los últimos fríos, se anunciaba en los graznidos de los cuervos que se agolpaban en los márgenes del Lambro, en las gemas redondas y brillantes como canicas que brotaban de los extremos de las ramas.

Aquel domingo 15 de marzo, mientras me ataba los zapatos de vestir que me hacían ampollas en los talones, mi madre me preguntó:

—¿Qué te pasa?

—Nada —dije, pero habría querido responder: «Todo».

Crucé el puente de los Leones con mi padre, que caminaba ligero sin mirar atrás, y con mi madre, que lo seguía a poca distancia apretando contra el costado el bolso de piel de avestruz. Me paré para asomarme por la balaustrada: el río fluía gris y mudo, un grupo de patos descansaba en la orilla, entre los guijarros. Los Malnacidos habían desaparecido.

Piazza Duomo estaba llena de sol, el cielo despejado. Los *madonnari*, con la cara manchada de tiza y los pantalones agujereados, dibujaban en la acera los retratos de Mussolini y de Jesús; a su lado, en un cartón ponía: UNA LIRA PARA EL ARTISTA. Las viejas se dirigían a la iglesia en grupos compactos como bandadas, vestían largos vestidos negros, guantes de red y un velo en la cabeza. Algunas llevaban en el cuello un camafeo cuyo dorso ocultaba el retrato de un ser querido que había muerto. Enfrente de la catedral, con su imponente fachada de franjas blancas y negras calentadas por el sol, mi madre sacó su velo del bolso; olía a polvos de talco. Tuvimos que apartarnos deprisa para dejar pasar al Balilla del señor Colombo; las piedras, bajo las ruedas, producían un sonido que obligaba a girarse, a cederle el paso y a admirarlo.

El señor Colombo bajó del coche; mi padre se quitó el sombrero, mi madre se iluminó de pies a cabeza y enderezó la espalda como una tórtola que ahueca las plumas.

—Señor Strada, es un placer verle —dijo Colombo con una sonrisa enorme. A continuación, dirigiéndose a mi madre, susurró «Señora», con una amabilidad babosa y lenta que olía a arrogancia, como dando a entender que habría podido llamarla como hubiera querido. Le dirigió una leve reverencia y mantuvo la mirada en ella mientras se enderezaba.

Filippo y Tiziano bajaron de los asientos de atrás peinados con la raya en medio, los uniformes bien planchados y las botas de caña negras recién lustradas. Tiziano ayudó a su madre a salir del coche, que puso el pie en el estribo apoyándose en la sombrilla de muselina blanca que usaba como bastón.

—Que tenga un buen domingo, señora —la saludó mi padre.

—Igualmente.

—Sentémonos al lado —propuso el señor Colombo metiéndose los pulgares en el cinto negro.

—Buena idea —convino mi madre, que lo miraba con ojos de adoración.

—¡Cómo ha crecido vuestra hija! Está hecha una mujer —le dijo la señora Colombo a mi padre.

—Es cierto —respondió él con un deje de orgullo que me sorprendió. Metida en aquella ropa elegante, con la falda de seda y el sobretodo, me sentía fuera de lugar, incómoda. Crucé los brazos para taparme el pecho.

—Francesca está hecha un primor, ¿no crees? —insistió la señora Colombo apoyando una mano en el hombro de Filippo, que hizo una mueca. El padre puso cara de fastidio.

—Responde a tu madre.

—Una verdadera señorita —intervino entonces Tiziano inclinando la cabeza como su padre, y al incorporarse alargó una mano tratando de rozarme el dobladillo de la falda—. Y qué hermoso vestido.

Me aparté con un gesto de rabia y grité fuerte:

—¡No!

—¡Francesca! ¡No te he enseñado a ser tan maleducada!

—No quiero que me toque —dije apretando los dientes.

—¿De qué tienes miedo? —El señor Colombo se echó a reír—. No te va a comer.

—No —dije con la misma dureza que habría usado la Malnacida—, pero podría hacerme un hijo y luego obligarme a tirarme al río.

Al oír mis palabras, todos enmudecieron y la falsa amabilidad desapareció tras la palidez de las caras.

Lo primero que sentí fue la bofetada de mi madre: fuerte, con la mano abierta, en plena cara. A continuación, intervino la señora Colombo:

—Mi familia no quiere tener nada que ver con esta neurasténica.

El señor Colombo me observó con una mezcla de asco y decepción. Filippo se mantenía pegado a las faldas de su madre, mientras que Tiziano esbozaba una sonrisa sardónica.

—Una neurasténica —insistió la señora Colombo dándonos la espalda para entrar en la iglesia seguida por su marido y sus hijos.

—¡Imbécil! —gritó mi madre—. ¿Qué has hecho?

Salió corriendo detrás del señor Colombo llamándolo por su nombre de pila. Se aguantaba el sombrerito y corría, como si la reputación y la dignidad que siempre la habían obsesionado ya no le importaran.

Las viejas que pasaron por nuestro lado señalaron a mi madre y susurraron: «Cómo vuela el pájaro a su nido».

Mi padre se puso el sombrero y miró al suelo. ¿Cómo habíamos podido estar tan ciegos tanto tiempo? Él se negaba a ver, y yo todavía no había caído en la cuenta de que había visto incluso demasiado.

Entré en la iglesia con la mano en la mejilla que todavía ardía. Mi padre me condujo por la nave y me cuidé mucho de pisar solo el mármol negro haciendo ruido con los tacones. Cuando nos reunimos con mi madre, que se había sentado detrás de los Colombo, mi padre se puso a su lado como si nada, pero con la mirada fija en el reclinatorio. Quería decirle que no era él quien tenía que avergonzarse, que él no tenía por qué esconderse. Pero me quedé callada y, cuando susurró «Demos gracias a Dios», me santigüé.

El olor a incienso era denso, el Cristo de bronce y oro del altar me miraba fijamente, pero yo también lo miraba a él y le preguntaba: «¿Por qué has permitido que sucediera todo esto?».

El sacerdote habló de la resurrección de los cuerpos y de la salvación del alma, y yo pensaba en mi madre, que se desnudaba y se dejaba abrazar por el señor Colombo, besar el pecho por sus ásperos labios. Pensaba en Maddalena, en lo mucho que deseaba ir a buscarla y contárselo todo. Pensaba en Tiziano y en la sonrisa babosa que me había dirigido en la plaza.

Los fieles se pusieron de pie para recibir la comunión y las notas de *Panis Angelicus* que salían del órgano hicieron temblar las vidrieras. Me refugié en la capilla de la Virgen para estar sola y encender una vela; quizá, a cambio de una oración a su madre, el Señor escucharía lo que tenía que decirle.

La estatua de la Virgen era azul y dorada, llevaba una corona de estrellas. Alguien le había colocado unos rosarios alrededor de las muñecas. Tenía los brazos abiertos y parecía mirarme con benevolencia. Me arrodillé y junté las manos acunada por el aroma cálido de la cera. Recé por Maddalena y Luigia, que ya no bailaría con Ernesto. También pensé en los Colombo: en Tiziano, que casi había matado a Donatella, y en su padre, que al igual que su hijo usaba a las mujeres a su gusto y se creía con derecho a todo. No sabía si se le podía pedir a la Virgen que mandara a alguien al infierno. Pero ella también era una mujer y tenía que entenderme.

Respiré hondo y entonces advertí el hedor nauseabundo a agua de colonia; la madera del banco crujió y sentí su aliento caliente en la nuca.

—Tranquila, soy yo. —Abrí los ojos sobresaltada. Tiziano se había arrodillado a mi lado; traté de levantarme, pero él me acarició—. No me digas que me tienes miedo —dijo con tono persuasivo.

Yo no podía hablar. Sus dedos fríos me acariciaban del hueco del codo hasta la muñeca, muy despacio, con dulzura; luego me posó una mano en el costado.

—No te haré nada —dijo como si rezara.

Me levantó un poco la falda, lo suficiente para pasar la mano. No podía moverme ni pensar. El frío de su piel, la tela de la falda desplazándose y dejándome los muslos al descubierto ocupaban mi mente. La Virgen nos miraba. Los dedos de Tiziano me apretaron con fuerza entre las piernas y realizaron un movimiento circular que me provocó una oleada caliente e inesperada de placer y dolor. Me sujeté al banco.

Tiziano gimió, la boca contra mi oreja, y dijo «Chis» mientras sus dedos trataban de franquear el borde de las bragas. Yo era como una vela que se derrite con el calor, dócil en sus manos. Quería gritar, dar patadas, pero el miedo y el asco habían llevado mi conciencia a un lugar al que no tenía acceso.

De repente se separó de mí y se levantó, con la cara levemente enrojecida. Yo me quedé allí, con las uñas clavadas en la madera y una sensación de asco en todo el cuerpo.

—Cuando quieras, volvemos a vernos —me susurró con tono suave.

26

Me encontró Noè, con la cara manchada de lágrimas y las piernas llenas de arañazos que me había hecho al bajar por el margen derrumbado del Lambro. Había ido sin pensarlo, como si mi cuerpo, buscando un sitio seguro donde esconderse, hubiera elegido en mi lugar.

—¡Francesca! —me llamó desde lo alto del puente. Levanté la cara y él abandonó la bicicleta y se precipitó donde yo estaba—. ¿Qué ha pasado?

—¡Vete! —grité entre sollozos.

Me sentía sucia y confusa. No quería que me tocara. Solo que me dejara en paz.

Titubeó, como si tuviera miedo de romperme, luego me puso una mano en el hombro y me llamó por mi nombre.

Lo rechacé con rabia gritando como las ocas cuando las agarras por el cuello. Entonces se quedó quieto, con los brazos levantados, respirando por la boca y mirándome con desesperación.

—¿Qué te han hecho?

Me enteré de lo que ocurrió después por lo que las viejas murmuraban en la plaza de la iglesia el domingo siguiente.

Él hijo del verdulero había ido a la cafetería de la esquina, la de piazza dell'Arengario, a decirle a Tiziano Colombo, al que encontró sentado a la mesa de enfrente del mostrador de los pasteles tomando un chocolate con sus amigos, que era «un fascista de mierda y que debía pedir perdón a todas las chicas a quienes había osado tocar».

Nadie comprendió a quién se refería porque no mencionó a nadie. Tiziano se echó a reír y le dijo que se fuera, pero Noè lo agarró por las solapas y lo obligó a levantarse. Le dijo: «Te parto la cara» o «Te hundo la nariz a puñetazos», las viejas no se ponían de acuerdo sobre este detalle.

El primer puñetazo lo asestó Noè, después de que Tiziano dijera que las chicas a las que este se refería no eran más que «putas».

Los demás clientes de la cafetería, señores con la bandeja de dulces colgando del meñique y señoras con sombreros de fieltro que apartaban rápidamente a los niños con la boca manchada de azúcar glas, se apresuraron a salir sin decir nada.

Al igual que su padre, que de joven, con sus amigos de la Famigerata, uno de los escuadrones más famosos de los años veinte, iba por ahí pegando y obligando a tragar aceite de ricino convencido de estar completando la obra inacabada del Risorgimento, Tiziano estaba seguro de que su violencia se hallaba justificada por un profundo sentimiento de justicia, como si pegarse fuera una liturgia.

Las viejas de la plaza dijeron que los amigos de Tiziano se habían abalanzado sobre el hijo del señor Tresoldi todos a la vez, que él había derribado a uno, le había partido un diente y había dado un codazo en la cara a otro, pero que luego había recibido una patada a la altura del estómago y se había caído de espaldas sobre una mesa: habían volado tazas decoradas a mano y cubiertos de plata. Una vez en el suelo, no había tenido escapatoria.

Le dieron patadas y puñetazos en el vientre, entre las piernas y en la espalda. Antes de irse, dejándolo medio muerto, la sangre y la saliva brotando de la nariz y la boca y la respiración convertida en un silbido, Tiziano le propinó una patada en la cara y dijo: «Asqueroso».

Gracias al señor Colombo, que intercedió por su hijo y sus amigos en el ayuntamiento y la Delegación del Gobierno, ninguno fue castigado. La gente dejó simplemente de preguntar sobre el asunto. Hasta el señor Tresoldi, que no quería arriesgarse a perder la tienda conseguida gracias a sus favores, tuvo que callar, limitándose a maldecir tan fuerte que pudieron oírlo en la manzana contigua.

Cuando fui a ver a Noè, su padre me echó diciéndome que no estaba en condiciones de ver a nadie y que era por mi culpa. Él siempre le había pegado a su hijo, pero en su cara de desesperación se traslucía que esta vez era el primero en haber temido por su vida.

—Por favor —imploré—. Solo quiero verlo. Decirle que lo siento. Que no debió hacerlo.

—¡Lo único que sé de este asunto es que mi hijo ha acabado escupiendo sangre! —gritó el señor Tresoldi, pero su vocerío ya no me daba miedo. Ahora sabía que el verdadero peligro residía en las voces persuasivas—. La gente tenía razón —dijo el señor Tresoldi—, la Malnacida y tú traéis mala suerte.

Sin otro lugar al que acudir o donde esconderme, me dirigí a casa de Maddalena.

Llegué a via Marsala antes de la hora de cenar, con el costado dolorido por la carrera y la cara mojada por las lágrimas.

—Soy yo —le dije a través de la puerta; no me respondió, pero insistí—: Te lo ruego. Te necesito.

Maddalena me abrió sin pronunciar ni una palabra. Iba con una blusa vieja y raída y una falda plisada; me pareció que había cambiado durante aquellos meses, como si hubiera crecido de golpe y todo lo que llevaba puesto le quedara estrecho.

Sujetaba una carta tan estrujada que debía de haberla leído hasta consumirse la vista.

Cuando la tuve delante en carne y hueso, en mi interior se desató una oleada de afecto feroz y solo entonces me di cuenta de lo intenso que había sido el dolor de su ausencia.

—Ven —dijo.

La señora Merlini estaba preparando arroz, de la cocina llegaba un fuerte olor a azafrán. Donatella, con la barriga hinchada deformándole el vestido, ponía la mesa. Tenía la cara apagada, no llevaba polvos ni carmín. Me miró con expresión ausente y giró la cabeza.

Maddalena me guio hasta su habitación.

—Cuéntame —dijo.

Se lo conté todo. Las palabras brotaban como agua de la grieta de un dique: cada vez con más ímpetu, hasta derribar todos los obstáculos. Le conté la vergüenza y el asco que sentí cuando Tiziano me tocó en la iglesia, que Noè me encontró llorando bajo el puente de los Leones, y que luego, por mi culpa, le habían dado una paliza.

Me escuchó en silencio, apretando la mandíbula.

Luego levantó la mirada, que era segura y firme, la de las ocasiones en que tomaba una decisión que no tenía vuelta atrás.

Me dio la carta que sostenía; era de Ernesto.

Seguramente la escribió pocos días antes de empeorar, estaba fechada el 22 de enero, pero el matasellos era de principios de marzo. Maddalena había recibido una carta de Ernesto dos meses después de su muerte. Debió de parecerle una carta enviada desde el paraíso.

Estoy mejor. Me cuidan bien y no me salto ni una comida. Te prometo que volveré pronto, porque no tengo la intención de dejaros, ni a ti ni a Luigia ni a Donatella. Sois mi vida. Pero si Dios me llamara a su lado, tú deberás cuidarlas a todas. Estoy orgulloso de ti. Eres una chica fuerte. No permitas que nadie apague tu fe.

Rezo por ti,

ERNESTO

Terminé de leer y Maddalena entrelazó los dedos con los míos.

—No quería dejarte sola. Solo quería morir. Pero ahora ya sé qué debo hacer. Si quieres, lo haremos juntas.

27

—He dejado de ser buena —dijo Maddalena aquella mañana de marzo con el sol brillando aún turbio en el cielo acolchado, residuo de la noche, mientras íbamos al Lambro a enfrentarnos con Tiziano.

Me dijo que lo encontraríamos allí, esperándonos. Solo. Había bastado con entregar una carta a uno de los camareros del Caffè dell'Arengario pidiéndole que llegara a su destinatario. Un billete de cincuenta liras había hecho el resto. No quiso decirme lo que había escrito, solo que la había firmado con el nombre de Donatella.

—Acudirá —me aseguró andando a mi lado, deprisa, por via Vittorio Emanuele, a la altura de los escaparates de la panadería y la mercería, que tenían las persianas aún bajadas. Las calles, tan vacías e indiferentes, me recordaron el cementerio.

—Y luego ¿qué haremos?

Maddalena no respondió y metió una mano en el bolsillo del abrigo abierto. Debajo solo llevaba un vestido ligero; tenía las piernas amoratadas de frío.

Sacó del bolsillo las tijeras de costura de Luigia, que brillaron.

—¿Qué quieres hacer con eso? —pregunté, y al hacerlo sentí que me faltaba el aire.

—Ya lo verás.

Pensé en las ocas de Noè, cuando dijo: «Hay que sujetarles el cuello de esta manera, así abren el pico».

—No puedes hacerlo.

—Sí que puedo.

—¿Qué pasará luego?

—Me da igual —concluyó metiendo de nuevo la mano y las tijeras en el bolsillo.

El puente de los Leones estaba allí, al fondo, igual a sí mismo y a la vez más grande, casi imponente, suspendido en un silencio expectante bajo las farolas aún encendidas. Era como si el lugar contuviera la respiración.

No lo vimos cuando nos asomamos por la balaustrada, pero lo oímos cantar.

Bajamos por el margen derrumbado; Maddalena me cogió la mano para ayudarme a aterrizar sobre los guijarros sin resbalar.

Tiziano estaba allí, bajo el arco del puente, de uniforme: los pantalones bien planchados, la camisa limpia, el abrigo con la insignia brillante. Su presencia era tan ajena a aquel lugar, impregnado del olor familiar del río y cargado de recuerdos felices, que me sentó como una bofetada.

Canturreaba entre dientes *Parlami d'amore, Mariú* y lanzaba piedras de través contra el agua gris, haciéndolas rebotar.

A pesar del frío, Maddalena tenía la palma sudada y respiraba fuerte por la boca abierta.

Me dejó atrás y avanzó hacia él.

—Aquí estamos.

Tiziano se dio la vuelta confundido y cuando nos vio se le demudó el semblante.

—¿Y vosotras que hacéis aquí? —Tiró al suelo las piedras que le quedaban.

—Yo he escrito la carta —dijo la Malnacida—. Tienes que pedir perdón por las cosas que has hecho.

—Yo no tengo que pedir perdón por nada.

—Me das asco. Eres un cobarde que ni siquiera tiene agallas para ir a la guerra.

Deseaba decir algo o al menos acercarme a Maddalena. Pero en cuanto miraba a Tiziano sentía sus dedos y su aliento y me quedaba paralizada.

—No entendéis nada, no sois más que unas chiquillas. —Se encogió de hombros, acarició la insignia del partido y prosiguió—: No tenéis ni idea de lo que me habría hecho mi padre si lo hubiera descubierto. No podía confesarle que iba a tener un hijo con una infeliz. No tenéis ni idea. —Negó con la cabeza y se ensombreció, como si lo asaltaran unos pensamientos que no podíamos adivinar—. Además, ¿era realmente ella? Me refiero a que si era tu hermana. —Se pasó la lengua por los dientes—. ¿Cómo iba a estar seguro? En la oscuridad, todas las mujeres se parecen. Gimen de la misma manera, por si no lo sabéis. Con la luz apagada uno se confunde.

—La convenciste para que se dejara hacer amenazándola con no casarte con ella. Pero luego, cuando se le retiró la sangre, fingiste olvidarlo y te la quitaste de encima diciendo por ahí que era una puta —le reprochó Maddalena.

Su firmeza me dio miedo.

Tiziano se lamió los labios.

—Todas las mujeres deberían hacer como las del duce: entregarse sin esperar nada a cambio. Además, ella quería ese niño a toda costa. Pero yo no puedo, ¿lo entendéis? Ya han decidido por mí.

—¡Le diremos a todo el mundo lo que le hiciste a Francesca y a Donatella! —gritó Maddalena.

Él se echó a reír a carcajadas, a pleno pulmón, y dijo:

—Vosotras no sois nadie. ¿Quién os creerá? —Se acercó con aire despectivo y añadió—: Pase lo que pase, me creerán a mí.

—Vámonos —le susurré a Maddalena—. Vámonos, por favor.

Pero ella no se movía. Miraba a Tiziano con un desprecio feroz.

—Vas a morir —dijo con la misma voz con que se había dirigido a Filippo y a Matteo en el patio del señor Tresoldi—. Tienes miedo y sabes que va a pasarte algo, algo malo. Quizá dejes de respirar o las ratas se te coman los ojos.

Permanecí inmóvil, expectante, mientras Tiziano se reía y avanzaba hacia nosotras. Algo debía suceder. Algo iba a suceder a la fuerza. Se acercó muchísimo, tanto que me embistió una tufarada de su agua de colonia, la misma que había olido en la iglesia.

—¿Qué pasa? —dijo—. ¿Tratas de asustarme, Malnacida? —Ya no se reía.

Maddalena me buscó con cara de rabia y de susto.

Tiziano se le plantó delante y la agarró por las solapas del abrigo.

—¿Debería tener miedo de dos chiquillas?

—Sí —dijo Maddalena, y lo golpeó con fuerza en una oreja.

Él profirió un grito desgarrador y la sacudió mientras se llevaba una mano a la sien, que sangraba.

Ella forcejeó dentro del abrigo para soltarse y Tiziano se cayó hacia atrás sobre los guijarros, agarrado al abrigo vacío.

Las tijeras manchadas de sangre brillaban en la mano de Maddalena. Tiziano, desconcertado, se miró la palma ensangrentada y gritó:

—¿Acaso creéis que podéis matarme, putas?

Maddalena se abalanzó sobre él empuñando las tijeras. Tiziano la agarró por la muñeca y le dobló el brazo detrás de la espalda.

El grito de Maddalena me sacó por fin de la estúpida parálisis que el miedo me había provocado.

—¡Déjala! —grité, y me abalancé sobre ellos.

Lo primero que sentí fue el dolor: un restallido contra la mandíbula, tan fuerte que los dientes chocaron entre sí mordiéndome la lengua. Me salió un chorro de sangre de la boca. Me desplomé, convencida de que estaba a punto de morir. Boqueé tratando de respirar, mientras Tiziano se frotaba los nudillos.

Abandonada en el suelo, los guijarros helados bajo la nuca y la espalda, me puse a observar la escena con torpe desapego.

Tiziano se inclinó sobre Maddalena, le introdujo la mano en el pelo, se lo anudó entre los dedos y la sacudió con violencia. Ella tenía los ojos hinchados y la sangre le resbalaba por la cara.

Gritó y le arañó las manos para liberarse de su presa. Pataleaba y vociferaba palabrotas, insultos vulgares que nunca le había oído.

Él dio una patada a las tijeras, que acabaron en el agua junto con un puñado de guijarros. Luego arrastró a Maddalena hacia el río.

Le puso una mano en la espalda y otra en el pelo y la hundió en el agua. El grito de Maddalena se convirtió en un gorgoteo de terror.

Yo ni siquiera podía gritar.

—«Gli occhi tuoi belli brillano, fiamme di sogno scintillano» —cantaba Tiziano mientras le metía la cabeza en el agua, alternando la letra de la canción con unas respiraciones feroces—. «Dimmi che illusione non è. Dimmi che sei tutta per me!». —Su voz había perdido el habitual tono amable. Sonaba frenética, impregnada de un gozo enfermizo.

Tiziano salió del agua con los pantalones y el abrigo empapados, el rubio cabello pegado a la frente mojada. Detrás de él, Maddalena, de rodillas en el agua, con la cara llena de sangre y barro, tosía tan fuerte que parecía que los pulmones fueran a explotarle.

Traté de incorporarme apoyándome en los codos, pero los guijarros eran resbaladizos y volví a caerme.

Tiziano sonrió. Me miró, se pasó la lengua por los dientes y dijo:

—Ahora te toca a ti.

Sentí miedo de estar sola a merced de un hombre. Era un miedo diferente del que siempre me había dado el señor Tresoldi. Aquel miedo procedía de la barriga, como el de las historias de brujas y ogros. El miedo que me provocaba Tiziano anidaba en todo mi cuerpo, era negro y viscoso, se colaba por todas partes.

—Si lo intentas, te mato —dije.

Ser mayor, ser mujer, quizá fuera eso. No era sangrar una vez al mes, ni los comentarios masculinos o la ropa bonita. Era cruzar la mirada con un hombre que te decía «Eres mía» y responderle: «Yo no soy de nadie».

Lo que ocurrió después no lo entendí. Fue como las cosas que pasan en los sueños.

Tiziano se puso a hurgar con frenesí bajo mi falda, me agarró las bragas y me las bajó hasta los tobillos; luego me obligó a abrir las piernas empujándome los muslos con sus rodillas.

Yo gritaba, le asestaba puñetazos en la espalda y los hombros, pero su peso me mantenía clavada en el suelo. Luego me sujetó por las muñecas, con los brazos encima de la cabeza.

—Chis, estate quieta —decía.

Me daba asco él, me daba asco todo, hasta sentía asco de mí misma. Tiziano jadeaba, tenía la cara blanca y los labios morados, como si le hubieran chupado el alma.

—He oído llegar al diablo —dijo una voz procedente del río. Era ronca, feroz. Me volví. Maddalena estaba saliendo del Lambro, a gatas sobre los guijarros, chorreando agua y sangre por la frente—. Ha dicho que él se ocupará de arrancarte el corazón. —Tiziano se rio y me metió la lengua en la boca abriéndome los labios con ímpetu—. Te lo arrancará con los dientes y te arrastrará personalmente al infierno —prosiguió ella.

Él levantó el pecho y se metió una mano en los calzoncillos para buscar aquella cosa dura y palpitante que empujaba contra la tela.

Entonces, de repente, como si alguien hubiera pulsado un interruptor, se detuvo. Los ojos se convirtieron en dos pozos negros, llenos de miedo, como los de un niño.

Se desplomó sobre mí y, por un instante, siguió respirando en mi cuello: un aliento candente, entrecortado, violento. Después dejó de moverse.

EPÍLOGO
La forma de la voz

¿Fue su corazón enfermo el que lo traicionó, o acaso la Malnacida lo detuvo con su voz?

Todavía me lo preguntaba mientras volvía a casa con los pies empapados, la piel helada y el sabor de la sangre en la boca. Aún veía su cara deformada por una mueca, aún sentía en el cuerpo sus manos inmovilizándome. Me dolía todo, hasta los dientes y los huesos. Sin embargo, a pesar del miedo y el asco, solo pensaba en Maddalena, en su mano apretando la mía, en ella diciéndome: «Hasta pronto».

El día siguiente llegó como algo indeseado. Solo pensaba en aquel cuerpo hundido en el río mientras las horas se encadenaban unas con otras, sin sentido. Me aterraba que nos descubrieran. Recé para que cuanto nos rodeaba desapareciera y nos dejara solas. Pero las oraciones no sirven para mantener a raya el mundo.

Cuando Maddalena me dijo: «Tenemos que contárselo a Noè para que nos ayude a esconderlo», la búsqueda ya había empezado.

El cuerpo de Tiziano Colombo fue hallado una mañana en la que el cielo era tan pesado que parecía lana mojada.

Dijeron que fue Filippo, su hermano, quien había sugerido que lo buscaran en el Lambro. Sabía que se había citado con alguien allí. Alguien que tal vez le había tendido una trampa. Un sedicioso, quizá, con ánimo de atacar el corazón de una de las familias más respetadas de la ciudad para abrir una grieta en el bronce dorado del régimen al que los Colombo siempre habían mostrado lealtad.

Las ratas y los cuervos se le habían comido los ojos y la lengua; el resto de su cuerpo estaba empapado de barro, los orificios nasales y las orejas obstruidos, hasta tal punto que hasta a la señora Colombo le costó reconocerlo. Apretó la insignia del partido en el puño y dijo: «Se hará justicia para castigar este execrable crimen», o eso escribieron en el periódico de la ciudad. El señor Colombo se declaró satisfecho del artículo en primera página para el que había elegido personalmente el retrato de su hijo: uniforme fascista y sonrisa de divo del cine. Lo disgustó, en cambio, que el *Corriere della Sera* solo le dedicara un insignificante suelto en el que ni siquiera se mencionaba su nombre.

Dos días después, a finales de marzo, encontraron la carta con el nombre de Donatella. El asesino del hijo mayor de los Colombo no había sido un comunista. Ni siquiera un antiitaliano, un traidor a la patria o un anarquista, que habrían podido elevar su muerte a la categoría de martirio. Había sido una chica, una desdichada insignificante, huérfana de padre y con un bastardo en las entrañas.

Cuando al amanecer la policía de la OVRA llamó al timbre del piso de via Marsala para detenerla, Donatella estaba en camisón y descalza. Se la llevaron así, sin tan siquiera dejarle coger un chal; los gritos de su madre y su hermana despertaron a todos los vecinos.

Aquella misma noche, mi madre me dijo:

—He comprado dos billetes para Nápoles. Mañana nos vamos, tú y yo, a casa de mi familia. Nos quedaremos un tiempo con ellos.

—¿Por qué? —le pregunté con el corazón en un puño, pero no quiso responderme.

Fue mi padre quien me contó cuál era la situación. Los fascistas se habían llevado a Donatella al cuartel y la habían interrogado durante horas. Me la imaginaba encogida en una esquina, restregándose los brazos para resistir al frío, mientras un grupo de hombres uniformados, que quizá tenían también madres, hijas y hermanas, la trataban como a un animal, la tachaban de asesina.

¿Por qué no haces el saludo romano? No sabía que tuviera que hacerlo. ¿Conocías a la víctima? Sí, sí que la conocía, fue mi novio. ¿Qué pasó? Le dije que esperaba un hijo y no me quiso volver a ver. ¿Un hijo de quién? Suyo. Es este. ¿De quién, si no? La familia nos ha asegurado que la víctima no se entregaba a la fornicación. El niño ha de ser de otro, de alguien que le pagó sus servicios. Y usted no tuvo cuidado. Pero ¿qué dice? ¡Eso es mentira! ¿Y esta carta? ¡No la he visto nunca! Lleva su firma. ¿Qué explicación puede dar? No es mía, se lo juro por Dios.

¿Quién iba a creer a aquella chica despeinada y preñada de alguien que no era su marido? Una mujerzuela ni siquiera sabe lo que es la verdad.

Mi padre también me contó que la hija menor de los Merlini se puso a gritar ofensas terribles contra la víctima: que trataba a las mujeres como si fueran animales, que las usaba y se deshacía de ellas y que le metía mano a las chicas en la iglesia.

Fue entonces cuando se mencionó mi nombre y mi madre decidió que debíamos marcharnos. Ella no me había preguntado nada, ni siquiera me había mirado, como si se avergonzara. Metió en las maletas, de cualquier manera, su ropa y las tenacillas para el pelo.

Mientras le gritaba a Carla que le buscara el vestido fino de lunares y las sandalias, mi padre se acercó. Yo estaba sentada a la mesa de la cocina y aún no había tocado el trozo de pastel de vainilla que Carla me había preparado. Hacía días que no podía comer. Tenía un nudo en el estómago y náuseas que me subían hasta la nuca y me impedían pensar.

Mi padre permaneció callado un buen rato, frotándose con saña los nudillos con el pulgar hasta que se aclaró la voz.

—Eso que cuentan... —empezó diciendo—. Bueno... eso que dicen que pasó en la iglesia... en la capilla de la Virgen... lo que dicen que te hizo... —Titubeó y tomó aire—. Lo lamento, lamento mucho que ocurriera. Pero tú no tienes la culpa. Lo sabes, ¿verdad?

Asentí levemente.

—Tú no hiciste nada. ¿Lo entiendes?

—No quiero ir con mamá.

—Lo sé. Lo sé, Francesca.

—¿Por qué quieres echarme?

—No quiero echarte. No quiero que te vayas. No quiero. Pero quizá sea mejor, ¿sabes? Solo por un tiempo. Te lo prometo. Hasta que las cosas se arreglen.

Me rozó un hombro. Parecía que temiera tocarme. Me derrumbé sobre él, lo abracé y apreté la cara contra su pecho. Dio un respingo, luego, como si algo se hubiera derretido en su interior, me envolvió, apoyó la barbilla en el hueco de mi hombro y se puso a acariciarme el pelo. Olía como sus camisas en el armario, en las que me refugiaba cuando necesitaba gritar.

Cuando llegamos a la estación todavía estaba oscuro. Mi madre avanzaba trastabillando, la maleta le pesaba demasiado; llevaba el sombrerito con el velete torcido, tenía la cara desencajada, la cinta del cuello sin atar y una larga carrera, del talón a la pantorrilla, en las medias de seda.

Se abría paso entre la multitud empujando y pidiendo permiso con voz tímida y cansada. El vapor blanco de los trenes, que se elevaba de los raíles hasta el techo de hierro fundido, entraba por la nariz y quemaba.

Mi madre me apretaba el codo y decía:

—No te pares. —Me sacudía—. Pórtate bien.

Yo pensaba en Donatella, que se hincharía como una rana y, sola, odiaría cada vez más a la criatura que hecha un ovillo en la oscuridad le crecía dentro. Pensaba en la señora Merlini, que, de haberle salvado el Señor a su hijo y protegido a su hija, quizá habría logrado encontrar un lugar para Maddalena; en cambio ahora debía vestir otra vez de luto y enterrarse de nuevo dentro de sí misma. Pensaba en la casa de via Marsala, en las ollas de cobre que proyectaban sombras alargadas en la cocina cada vez más vacía.

Y pensaba en Maddalena. En su voz cuando le dijo a Tiziano que el diablo le estaba arrancando el corazón, en su mano estrechando la mía, en el olor del río.

El dolor estaba compuesto de cosas concretas: el estómago hecho un nudo, la vejiga a punto de reventar, la sangre palpitando en la cabeza y en todo el cuerpo. Me había convertido en un hueso partido.

Sabía que no volvería a verla. Estaba abandonándola. Yo estaba con ella en el Lambro el día en que murió Tiziano. Maddalena me defendió, me salvó como hacen los héroes en las novelas. Los demás siempre cargaban con mi culpa.

Me dejaba arrastrar por mi madre al andén, hacia una locomotora a punto de partir, con el haz de lictores de latón. La gente olía a sueño interrumpido y a los primeros cigarrillos. Yo tenía la mente en blanco, las piernas débiles. Fue entonces cuando alguien me llamó:

—¡Francesca! ¡Espera!

Noè se había agarrado a uno de los pilares con los carteles de los horarios de los trenes y se había puesto de puntillas para sobresalir por encima de la multitud.

Me detuve de golpe, mi madre casi tropezó tratando de tirar de mí, pero yo me liberé de su presa y fui al encuentro de Noè.

—¿Qué haces aquí?

—Tienes que venir conmigo —respondió de golpe—. Ahora mismo.

Tenía la nariz torcida y llena de costras, cercos amarillentos alrededor de los ojos y una herida profunda cerrada con puntos bajo una ceja.

—No puedo.

—Sí que puedes.

No lograba mirarlo a la cara. Me había vuelto de cristal.

—No puedo —repetí.

—¿Tienes miedo?

—¡Por supuesto que lo tengo! Tiziano ha muerto.

—Lo sé. Maddalena ha confesado. Dice que lo mató.

—¡No es verdad! —exclamé—. Tiziano estaba enfermo del corazón. Se murió solo. —Quizá la voz de Maddalena detuvo su corazón. Quizá lo mató ella realmente.

—Eso ya no importa.

Me sentí como el papel de periódico que se arruga en el fuego.

—¿Qué le pasará ahora?

Noè negó con la cabeza, rabioso, pero reprimió su dolor.

—No lo sé. Probó a decir la verdad acerca del asqueroso de Tiziano Colombo, pero no la creyeron. Es la palabra de la Malnacida contra la reputación de un fascista.

—¿Qué podría hacer yo?

Los ojos de Noè me miraron con hostilidad.

—Contar tu versión.

—¿Por qué van a creerme a mí?

—¿Ni siquiera vas a intentarlo? —Noè emanaba un olor a tintura de yodo y pomada que cubría el aroma natural a tierra que tanto me gustaba.

—No sé si puedo. No soy como ella. Las palabras no se me dan bien.

Avergonzada y asqueada de mí misma, oculté la cara mientras el tren silbaba fuerte y mi madre me llamaba.

—Es mi letra de cambio —dijo Noè.

—¿Tu letra de cambio?

—Por las mandarinas. Me lo debes.

—No puedo.

—¡Tenemos que irnos, Francesca! —gritó mi madre a mi espalda.

—¿Ni siquiera por ella?

Me obligué a mirarlo, a buscar sus ojos dentro de aquel rostro desfigurado. Desfigurado por mi culpa.

—No soy como vosotros —dije—. No soy capaz. No puedo.

—No voy a repetírtelo otra vez, señorita. Sube al tren inmediatamente.

Un mozo había ayudado a mi madre a llevar a bordo la maleta y ahora ella braceaba desde el tren con sus guantes blancos haciéndome señas para que me diera prisa.

—Tengo que irme —le dije a Noè.

Él me miró en silencio.

Pensé en la suerte que le esperaba a Maddalena ahora que había confesado. No sabía qué le harían. Lo poco que sabía de las ejecuciones lo había leído en los libros: la decapitarían o ahorcarían. O quizá la encerrarían en la cárcel, o en un reformatorio en el campo, donde las monjas la meterían en cintura a palos.

Mi madre se asomaba y extendía una mano.

—Cuidado con el peldaño, no te manches el vestido.

Entonces me bloqueé. Inconscientemente, adopté la postura y los ademanes de la Malnacida. Mi mente y mi cuerpo estaban llenos de ella, me invadió cuando dije:

—El vestido me da igual.

Me volví y busqué a Noè, pero ya no estaba.

Corrí por el andén, entre la gente que se dispersaba a mi paso como cucarachas. El tren se había puesto en marcha y mi madre gritaba.

Lo encontré fuera de la estación, asiendo la bicicleta que había apoyado contra una farola. Volví a respirar, el peso que tenía en el pecho se derritió como la mantequilla en una sartén caliente.

—¡Espera, Noè!

—Simplemente ridículo —dijo el señor Colombo cuando pedí la palabra.

La gente se puso a ladrar como una jauría de perros a la vista de una liebre, tratando de impedirme que llegara hasta Maddalena. Ella estaba sola en el centro de aquella estancia con el suelo de mármol blanco y el techo pintado al fresco, desde el que un ángel rubio que sujetaba el escudo de los Saboya nos miraba con indiferencia.

La habían conducido ante el *podestà*, me había dicho Noè; uno la había sujetado por las axilas y otro por los tobillos, como si la ley y las reglas humanas no valieran nada y ella fuera una bruja que merecía la hoguera. El *podestà*, en su oficina con la bandera italiana y el haz de lictores, los había observado agolparse y, molesto, había dicho: «Esto no es un tribunal, y desde luego no puedo juzgar a una niña. No funciona de esta manera». El *podestà* y los hombres de uniforme que lo rodeaban se rieron de aquella gente que estaba convencida de que una chiquilla sucia y delgaducha hubiera podido matar a un hombre hecho y derecho. A un fascista.

«No es una niña cualquiera —había respondido la señora Colombo con la cara desencajada—. Es la Malnacida».

—¡Dejadme pasar! —grité poniéndome de puntillas y buscando la mirada de Maddalena por encima de las cabezas amontonadas. Me había desgreñado durante el trayecto en bicicleta con Noè, que pedaleaba rápido, y jadeaba a causa de la carrera por las escaleras del ayuntamiento y los interminables pasillos cuyo fuerte eco devolvía el rumor de mis pasos.

—¡Yo también quiero hablar!

—¿Por qué deberíamos escuchar a una chiquilla? ¿Qué hace aquí? Que alguien avise a su padre.

Para llegar hasta la Malnacida tuve que abrirme paso a codazos entre carabineros, hombres que no se quitaban el sombrero ni en un lugar cerrado y mujeres que se aferraban a su bolso. Sus gritos y amenazas no me asustaban. Noè había tratado de mantenerse a mi lado, pero la multitud lo había empujado hacia atrás.

Maddalena me miró por fin.

—Has vuelto —dijeron sus labios.

—No fue ella. —No me di cuenta de que había pronunciado aquellas palabras hasta que las hube gritado.

Frente a nosotros, una hilera de hombres uniformados, entre los cuales se encontraba el señor Colombo, que parecía querer aplastarnos con sus botas. Pero Maddalena los miraba con ojos insolentes y luminosos, e incluso ellos creían que podía matarlos con una sola palabra. A aquellos hombres que tenían en su poder la vida o la muerte también les aterrorizaba la mirada de la Malnacida.

El *podestà*, con las medallas prendidas en el pecho y la borla balanceándose sobre la frente, golpeaba la mesa con fuerza para imponer silencio, pero la multitud seguía murmurando: «El demonio le hizo hacer lo que hizo. Fue la Malnacida. Trae mala suerte. Un chico tan bueno, tan educado, tan guapo... Un joven con un futuro prometedor. Y ella lo arrojó al agua como si fuera un animal».

En su mundo solo había dos cosas seguras. La primera: lo que no lograban explicarse era obra de Dios o del demonio, según le ocurriera a una persona de bien o a un muerto de hambre. La otra: los hombres nunca tenían la culpa.

—Tenéis razón —dije sin aliento, de pie al lado de Maddalena—. Fue ella. —La sala enmudeció, inmóvil como un osario—. Y fui yo. Y Donatella, y el niño que está creciendo en sus entrañas. Y el Señor y el demonio. Fueron las aguas del Lambro, los guijarros de la orilla y el maldito corazón de Tiziano. Lo mataron todas esas cosas.

La multitud estuvo a punto de estallar.

—¡Silencio! —gritó el *podestà*.

—Afirmáis que no es posible porque no admitís que un hombre como él pueda hacer esas cosas asquerosas a chicas como nosotras. Pero sí las hizo. Y nosotras no podemos seguir callando.

Maddalena estaba tan hermosa que resplandecía. Incluso así, de rodillas y con la cara sucia. Se levantó y me cogió la mano. La suya estaba sudada y caliente. Me sonrió. No me había sentido tan fuerte en toda mi vida.

Agradecimientos

Una de las primeras cosas que me enseñaron de niña fue a dar las gracias. Era, más o menos, por la misma época en que aprendía a cruzar la calle y trataba de desentrañar el misterio de cómo se ataban los zapatos. Pero de niños hay que dar las gracias incluso cuando no te apetece en absoluto.

Ahora que soy mayor puedo dar las gracias a quien quiero y cuando importa de verdad.

Gracias a quienes creyeron en mi historia y le dieron la oportunidad de que se leyera:

A Carmen Prestia, la primera persona que confió en mí y que me dijo: «Siempre llevaré a Francesca en el corazón».

A Rosella Postorino, por haber trabajado conmigo con precisión y esmero. Gracias por haber insistido en que añadiera aquel diálogo. Gracias por tus historias, que se me han quedado prendidas en la piel.

A Roberta Pellegrini, por sus valiosos consejos y la atención por el detalle.

A Maria Luisa Putti, por haberse quedado despierta hasta las cuatro de la mañana para trabajar en mi historia. Hiciste una especie de magia cuando lograste que este libro fuera la mejor versión de sí mismo. Gracias por tu obsesión por las palabras y por haberme descubierto a Pessoa.

A Paolo Repetti, porque sin ti este libro no existiría. Gracias.

Gracias a la escuela Holden y a sus fantásticos profesores:

A Eleonora Sottili, por todas las veces que me dijiste: «¡Esta escena funciona!», y, sobre todo, por las que me dijiste: «Pero esta no».

A Federica Manzon, por la confianza y las conversaciones «disipadudas» en el despacho del segundo piso.

A Marco Missiroli, porque una de las escenas centrales de esta historia nació en el jardín de la escuela durante tu fulminante lección.

A Andrea Tarabbia, por haberme hecho descubrir *El remolino*, de Fenoglio, por la excursión al Giardino di Ninfa y por los pomelos.

Gracias a Livio Gambarini y a Masa Facchini, insustituibles tutores del curso Il Piacere della Scrittura de la Università Cattolica, por haber leído mis primeras y torpes pruebas de cuentos y enseñarme a detestar las escenas que empiezan con «La luz que se filtra por las cortinas». Gracias a Martina, que a pesar de que también los leyó siguió creyendo en mí.

Gracias a Franco Pezzini, Van Helsing turinés, por haberme acogido en tu fantástico curso.

Gracias a mis guías virgilianas en el infierno del instituto: Chiara Riboldi, Caterina Muttarini, Enrica Jalongo, Rossana y Laura Portinari y Massimiliano Tibaldi.

Gracias a mis colegas escritores y compañeros de aventuras: Francesco, incomparable constructor de mundos; Alice, que brilla como las luciérnagas; Giada, hija de la luna y de la madre naturaleza; Antonia, sarcástica hechicera y consejera de *ship*, y Sergio, cínico samurái todo corazón. No habría podido desear mejores compañeros de viaje, tanto en la tierra como a bordo de un platillo volador.

Gracias, en orden abierto, a los demás colegas de College Scrivere B (2019-2021): Vittoria mayor, Vittoria menor, Paola,

Simone, Rossella, Giorgia, Lea, Tommaso, Silvia, Mary, Susanna, Benedetta, Davide, Giovanni y Edo. Gracias por haber sido mis primeros lectores y por haberme permitido leer vuestras historias. Fue casi como analizarnos el alma los unos a los otros. Sois radiantes.

Gracias a mis amigos, que nunca hacen que me sienta culpable por ser como soy: Nico, Rasputín de Monza; Ricky, sólido como una roca; Mario, medio orco y medio maestro cervecero; Jacopo, águila de montaña; y Gabriele, Cheshire Cyborg.

Gaia, gracias porque en los turbulentos y terribles años del instituto las historias que escribíamos juntas y nuestros fantásticos y locos personajes fueron a menudo lo único que me hacía feliz. Los guardo en mi corazón. Gracias por las fuentes de pírex, las lámparas y las noches en vela bebiendo Sangue di Giuda.

Beatrice, gracias porque siempre te has dejado arrastrar al lugar donde me llevaban mis locuras, sea el que fuere. Gracias por las desesperadas sesiones de estudio de nuestra adolescencia y por el terrible retrato que hiciste de mí, en el que me parezco más a un ornitorrinco que a un ser humano. Gracias por estar ahí, siempre.

Gracias a mi familia, a mis tíos y primos, que siempre han creído en mí, en especial a Federico, Lorenzo, Marco y Giulia. Os quiero.

Mamá y papá, gracias por haber apoyado siempre a la niña que a los nueve años se escapó de casa en busca de aventuras con una mochila en la que había metido el libro de los aztecas y un zumo de arándanos, y que de mayor quería ser un caballero. Si este libro existe, es mérito de vuestros «Había una vez», de los bolsillos remendados por culpa de mi colección de piedras de formas extrañas, de las veces que me señalasteis una estrella en el cielo y dijisteis: «A saber quién vivirá allí».

Referencias de los textos citados

Las citas de las páginas 11, 75 y 234 son de la canción *Parlami d'amore Mariú*, de Ennio Neri y Cesare Andrea Bixio (1932).

La cita de la página 42 es de la canción *'O surdato 'nnammurato*, de Aniello Califano y Enrico Cannio (1915).

Las citas de las páginas 64 y 183 son un fragmento de *Dammi un bacio e ti dico di sí*, de Bixio Cherubini y Cesare Andrea Bixio.

Las citas de las páginas 87, 88 y 119 son de Paolo Cadorin, *Il Fascio a Monza*, Vedano al Lambro, Edizioni Paolo Cadorin, 2005.

La cita de la página 91 es del *Decalogo della piccola italiana*.

La cita de la página 114 es del *Preludio dell'Aida*, de Giuseppe Verdi, libreto de Antonio Ghislanzoni.

La cita de las páginas 116 y 117 son del discurso que Mussolini dio el 2 de octubre de 1935 para anunciar la guerra con Etiopía.

El texto del pasquín que se cita en la página 141 está extraído de C. Duggan, *Il popolo del Duce*, Roma-Bari, Editori Laterza, 2012.

La cita de la página 165 es de Giacomo Leopardi, *Canti*, edición a cargo de N. Gallo y C. Garboli, Turín, Einaudi, 2016. [Hay trad. cast.: *Cantos*, traducción y edición bilingüe a cargo de María de las Nieves Muñiz, Madrid, Cátedra, 2009²].

La cita de la página 217 es del carmen 65, de Catulo.

Índice